‖ 인문교양총서 34

화두를 찾아서
- 문학의 화두, 삶의 화두 -

●

김주현

저자 **김주현**__ 경북대학교 국어국문학과 교수

    밤하늘에 별이 하늘 가득 빛나는 소백산 자락 부석에서 태어났다. 자라면서 가통을 적실히 지켜나가라는 가친의 뜻에 따라 학문의 길로 접어들었다. 이상·김동리·최인훈 등에 깊은 관심을 갖고 연구하였으며, 최근 신채호를 비롯한 애국계몽기 문인들에 대해 집중 연구를 하고 있다. 저서로는 『이상 소설 연구』(1999), 『정본 이상문학전집』(전3권, 2005), 『신채호문학연구초』(2012), 『김동리 소설 연구』(2013), 『실험과 해체―이상 문학 연구』(2014), 『계몽과 혁명―신채호의 삶과 문학』(2015) 등이 있으며, 편저로는 『백세 노승의 미인담』(2004), 『이상단편선―날개』(2005), 『단재신채호전집』(2008) 등이 있다.

경북대 인문교양총서 ❸❹

화두를 찾아서
  - 문학의 화두, 삶의 화두 -

초판1쇄 발행 2017년 11월 30일
초판2쇄 발행 2018년 12월 6일

지은이 김주현
기 획 경북대학교 인문대학
펴낸이 이대현
편 집 홍혜정
디자인 안혜진
마케팅 박태훈 안현진
펴낸곳 도서출판 역락
주 소 서울시 서초구 동광로 46길 6-6 문창빌딩 2층
전 화 02-3409-2060(편집), 2058(마케팅)
팩 스 02-3409-2059
등 록 1999년 4월 19일 제303-2002-000014호
전자우편 youkrack@hanmail.net
역락블로그 http://blog.naver.com/youkrack3888

ISBN 979-11-6244-001-8 04800
     978-89-5556-896-7 세트

인문교양총서 034

화두를 찾아서
-문학의 화두, 삶의 화두-

김주현 지음

역락

들머리_화두를 찾아서

여기 화두(話頭)가 있다. '화두'란 무엇인가? 국어사전에는 "이야기의 첫머리" 또는 "선원(禪院)에서, 참선 수행을 위한 실마리를 이르는 말. 조사(祖師)들의 말에서 이루어진 공안(公案)의 1절이나 고칙(古則)의 1칙"이라고 한다. 원래 불교에서 사용되던 용어지만, 오늘날 보편화되어 '이야기의 첫머리'로 사용되고 있다는 것이다. 그리고 『한국민족문화대백과사전』에는 "화두의 '화(話)'는 말이라는 뜻이고, '두(頭)'는 머리, 즉 앞서 간다는 뜻"으로, "화두는 말보다 앞서 가는 것, 언어 이전의 소식"이라는 것이다. 그러므로 "참된 도를 밝힌 말 이전의 서두, 언어 이전의 소식이 화두이며, 언어 이전의 내 마음을 스스로 잡는 방법을 일러 화두법(話頭法)"이라고 한다. 또한 『밀린다팡하』에는 다음과 같이 설명되어 있다.

화두의 사전적 의미는 '이야기'이다. 이야기이되, 불교의 근본 진리를 묻는 물음에 대한 선사들의 대답이거나, 혹은 제자를 깨달음으로 이끄는 언어, 행동을 기술한 것이다. 그러나 오늘날 이 말은 선불교의 전유물에서 벗어나 일상적인 삶에서 무언가 지속적인 관심이나 몰입의 대상이라는 의미로도 흔히 쓰이고 있다. 그러나 그렇다고 해서 화두가 갖는 신비의 베일이 완전히 벗겨진 것은 아니다. '화두'는 여전히 일반인이 쉽게 접근할 수 없는 어떤 신성하고 초월적인 수행의 핵심으로 받아들여지고 있는 것이다.

그것은 근본 진리를 묻는 질문에 대한 대답일 뿐만 아니라 불교에서 깨달음을 구하기 위해 반드시 넘어야 할 관문이라는 것이다. 아울러 쉽게 접근할 수 없는 신성하고 초월적인 것으로 여겨지고 있다. 이처럼 화두는 다양한 의미를 갖고 있다. 화두는 1천 7백 가지가 있다고 한다. 어떤 사람은, 하나의 화두를 풀면 나머지 화두도 자동적으로 해결된다고 한다. 알 것 같으면서도 제대로 알 수 없고, 모르는 것 같으면서도 이미 어느 정도 알고 있는 그 무엇, 그것이 화두가 아니겠는가? 베르나르 베르베르는 다음과 같이 말한다.

얼핏 들으면 터무니없는 말같이 보이는 문장이 우리의 정신으로 하여금 새로운 태도와 움직임을 취하도록 요구한다. 그리고 이러한 정신적 훈련의 목적은 우리의 정신을 일깨워 현실을 새롭게 인식하게 해주는 데 있다. 이런 이유로 지나치게 경직된 사고를 지닌 사람에게 화두는 고통스럽게 느껴질 수도 있다.

베르베르는 화두가 '정신을 일깨워 현실을 새롭게 인식하게 해주는' 것으로 설명했다. 그것은 얼핏 보면 터무니없는 말처럼 느껴지지만, 궁극적으로 우리에게 새로운 사고와 태도를 요구한다는 것이다. 그에게 있어 화두란 '더 이상 아무것도 못하게 되었을 때, 우리는 무엇을 할 수 있는가?', '검은 빛은 사물을 밝힐 수 있는가?'와 같은 것들이다. 그러면 이제 가장 일반적이며 잘 알려진 화두부터 살펴볼 것이다.

'개에게는 불성이 없다(狗子無佛性)'라는 화두는 '무자 화두(無字話頭)'로 많이 알려져 있다. 문원(文遠)이 조주선사(趙州禪師)한테 "개한테도 불성이 있습니까? 없습니까?"라고 물었더니 조주선사는 "없느니라."라고 말했다. 그래서 문원은 "『대반열반경』 사자후보살품에는 모든 중생에게는 불성이 있다(一切衆生悉有佛性)고 했는데, 왜 개에게는 불성이 없습니까?"라고 묻는다. 조주선사는 다시 "업식성(業識性)이 있기 때문이다."라고 말했다. 달리 업식성이 있는 중생은 부처가 될 수 없다는 의미일 것이다. 여기에서 단순히 개에게 불성이 있다 없다 하는 게 중요한 것이 아니다. 그런데 많은 사람들은 "왜 조주선사는 개에게 불성이 없다고 했을까?"를 화두로 삼는다. 질문에 대한 대답이 옳고 그름을 떠나, 화두라는 것은 질문에 대한 답 또는 답을 찾아가는 과정이라고 할 수 있다. 그것은 한편으로 대상에 대한 각자의 해석 행위를 뜻하며, 자신만의 답을 구하는 행위이기도 하다. 그것은 곧 지식이 아니라 지혜를 통한 깨달음의 세계가 아니겠는가? 이제 화두를 찾아가는 여정을 시작해 보자.

만개한 공작선인장의 꽃

몇 년 전 베란다에서 키우던 선인장이 꽃을 피웠다. 이른 아침 화려한 자태로 피어 있는 꽃을 보니 마음조차 상쾌했다. 아름답고도 화려한 공작선인장의 꽃! 그런데 이 꽃은 밤사이 피었다가 하루만 지나면 시들어버린다고 했다. 다음날 보니 과연 시들기 시작한다. 그 꽃을 보면서 '화무십일홍(花無十日紅)' 이라는 구절이 떠올랐다. 송나라 시인 양만리(楊萬里, 1124~1206)의 「월계(月桂)」(야생 장미)라는 시에 나온다.

只道花無十日紅, 此花無日無春風

꽃이 피어도 그 붉음이 10일을 못 넘긴다고 하지만,
이 꽃은 무시로 피어 봄바람도 필요 없네.

꽃의 붉음, 곧 꽃이 피어 아름다운 것은 10일도 채 되지 않는다는 말이다. 그런데 월계는 무시로 피어 봄바람도 필요 없다고 했다. 그 이하의 구절은 아래와 같다.

一尖已剝胭脂筆, 四破猶包翡翠茸

別有香超桃李外, 更同梅鬥雪霜中

折來喜作新年看, 忘卻今晨是季冬。

껍질은 뾰족 벗겨나간 연지붓인가,

잎은 사방을 격파하는 비취빛 사슴뿔인가

향기도 복숭아 오얏 향기와 달라,

눈 속에서 설중 매화와 패권을 다투네.

새 봄이 온다는 기쁨도 꺾어버려,

오늘 새벽이 아직 섣달인가 잊었나 보네.

　양만리는 이 시에서 월계의 아름다운 자태를 노래했다. 월계는 특별히 향이 있어 복숭아, 오얏과 다르고, 오히려 눈서리와 다퉈 꽃 피운 매화와 유사하다는 것이다. 그런데 월계가 새 봄이 올 터인데 안타깝게도 겨울에 꽃을 피운 것이다. 그래서 시인은 서리와 눈도 무서워하지 않고 꽃피운 월계의 장엄함이 아니라, 쉽게 질 줄 알면서도 때를 잊고 피어난 월계에 대한 애련함을 노래한 것이다. 자연의 질서를 거스르거나 이겨낼 꽃이 어디 있고, 그럴 사람이 또 어디 있겠는가? 결국은 쉽게 지고 말 꽃인 것을! 그것을 알고 있는 사람들은 첫구(起句)의 일부를 가져와 다양한 대구(對句)를 달았다. 널리 알려진 대구는 다음과 같다.

花無十日紅, 人不百日好

꽃은 피어도 그 붉음이 열흘을 못 가고
사람은 좋은 날도 백일을 넘기지 못한다.

花無十日紅, 勢不十年長

꽃은 피어도 그 붉음이 열흘을 못 가고
사람의 권세는 십년을 넘기지 못한다.

　꽃의 모습을 사람에 비유한 것이다. 꽃의 화려함을 인생살이에 빗대어 좋은 날이 100일을 넘지 못한다거나, 또는 권세가 10년을 넘기지 못한다는 말은 각자의 삶에 대한 경계가 담겨 있다. 전자는 좋은 날이 오래 가지 못하며 또 궂은 날도 있게 마련이라는 삶의 진리가, 후자는 권세도 머지않아 스러질 때가 있으니 권토중래할 시기를 기다리며 현재를 견디자는 삶의 지혜가 들어 있다. 후자는 달리 권불십년(權不十年)이라고도 했다. 그리고 사람들은 이 구절을 달도 차면 기운다(月盈則缺)와 결부시키기도 한다. 그래서 어떤 사람은 "노세 노세 젊어서 노세, 늙어지면 못 노느라." 하고 일장춘몽의 삶을 한탄하며 유락(遊樂)을 부추기기도 하고, 또 어떤 사람은 절치부심하며 권력을 다시 잡을 날을 꿈꾸기도 한다. 젊음을 부러워하고 세월의 무상함을 노래하는 사람들도 마찬가지다. 이 비유를 보면 인간은 확실히 사물을 통해 배운다.

+꽃의 붉음은 십일을 가지 않는다.(대상 이해)

그러면 위 구절(花無十日紅)은 대상에 대한 이해를 보여준다. 꽃의 붉음, 곧 꽃의 생명을 청춘이나 인간의 즐거움으로 보아도 좋고, 아니면 권세로 보아도 상관이 없다. 그렇기에 십일이 100일이 되기도 하고 10년이 되기도 한다. 그러나 무엇보다 꽃에 대한 대상의 이해를 넘어서는 지점에 원리에 대한 이해가 있다. 꽃이 피었다가 지는 것은 열매를 맺기 위한 과정이며, 꽃은 열매를 위해 화려함을 한껏 뽐내고 사라진다. 그것은 수많은 꽃들을 통해 만들어진 보편적 진리인 것이다. 수많은 꽃들이 봄을 기다려 화다닥 피었다가 진다. 그것들은 열매를 맺어 후일을 기약한다. 농부들은 이것을 누구보다 잘 안다. 그래서 그들은 다음과 같은 원리를 이해한다.

+봄은 오래 가지 않는다.(원리 이해)

농부에게 봄은 씨를 뿌리는 계절이다. 봄에 뿌리지 않고 가을에 거둘 수 없다. 그러므로 봄은 농부들에게 바쁜 계절이다. 농부는 자연의 공기를 마시고, 자연의 리듬과 호흡하며, 자연의 질서에 순응하며 살아간다. 자연은 그들의 땀에 정직하게 보상하며, 그들의 노력을 결코 헛되이 저버리지 않는다. 농부는 봄에 씨를 뿌려야 한다. 철을 놓치면 뿌려도 헛수고가 되기 쉽다. 때를 놓치지 않기 위해 농부는 봄철에 열심히 논둑과 밭고랑을 타넘는다. 그들은 봄이 오래 가지 않는다는 것을 잘 안다. 달력이 없어도 주변 사물들을 보고 봄이 얼마 남지 않았다는 것을 안다. 봄은 농부에게 약속과 희망의 계절이다.

　　+시간은 사람을 기다려주지 않는다.(자기화)

　어디 세상에 농사짓는 사람뿐이랴. 농부라고 하여 봄에 씨앗만 뿌리고 끝내겠는가. 가을에 거두는 것도 때를 놓치면 안된다. 사람들은 제각기 시간이라는 굴레 위에 산다. 시간은 누구도 멈추거나 붙잡을 수 없다. 시간은 꽃도 시들게 하고 봄도 가게 만든다. 우리는 사물을 통해서 시간의 흐름을 안다. 시간은 머물지 않는다. 사람들은 시간이 자신을 기다려주지 않는다는 것을 안다. 이미 인간은 시간 속에 태어나 시간의 수레바퀴를 타고 가고 있다. 우리가 이 세상에 머물고 있지만 이 세상은 끊임없이 흘러가고 있다. 꽃은 꽃으로 오래 머물지 않음으로써 봄이 가고 있음을 말해준다. 꽃나무는 꽃을 떨어뜨리고 푸른 잎으로 스스로를 단장함으로써 봄을 마감한다. 사람들은 그러한 계절의 흐름을 본다. 꽃이 오래가지 않음을 보듯 봄은 오래 머물지 않음을 안다. 그런데 꽃도 봄도 흐르는 가운데 사람은 머물러 있다. 꽃은 계절의 흐름을 보여주는 대상이다. 인간이라는 주체는 머물러 있으면서 그러한 객체가 소멸되는 것을 본다. 그것은 외면의 시간이다. 그리고 주체는 객체에 의해 타자화된 시간을 보고 느끼면서 안다. 앎으로써 그것은 자기화된 시간으로 바뀐다. 비로소 주체는 시간이 사람을 기다려주지 않는다는 것을 터득하게 된다. 꽃의 시간도, 봄의 시간도 결국은 나와 무관한 시간이 아니라는 것을 깨닫는다. 사람은 꽃 속에 살아가고, 봄 속에 살아간다. 그리고 시간이라는 마차를 타고 끊임없이 세월을 항해한다. 그렇다. 시간은 조금도 멈추지 않고, 사람을 기다려 주지 않는다.

차례

문학의 화두

01. 스핑크스의 수수께끼 – 『오이디푸스왕』과 『신』

스핑크스는 일반적
으로 사람의 머리에
사자의 몸체를 갖고
있는 괴물로 알려져
있다. 그것은 사람의
지혜와 사자의 용맹
성을 지닌 동물로 표

카프레왕의 피라미드

상된다. 지금도 이집트와 아시리아의 신전이나 왕궁, 분묘 등
에서 훌륭한 스핑크스 조각들이 발견되고 있다. 특히 잘 알려
진 것은 기원전 2650년경 이집트 제4왕조 카프레왕(王)의 피라
미드에 딸린 스핑크스이다. 그것은 전체의 길이 약 70m, 높이
약 20m, 얼굴 너비 약 4m나 되는 거대한 조각상이다.

스핑크스와 관련하여 오래 전부터 여러 가지 전설이 전해

오고 있다. 가장 널리 알려진 것이 오이디푸스왕과 관련된 이야기이다. 테베의 왕 라이오스는 이오카스테와 결혼해 아들을 낳는다. 일찍이 라이오스는 '아들에게 장차 죽임을 당할 것'이라는 신탁을 들었다. 겁이 난 라이오스는 아이를 죽이기로 결심하고, 부하에게 아이의 양 발목을 꿰어 밧줄로 묶어 산속에 버리라고 명령한다. (어떤 판본에서는 라이오스왕이 직접 아들의 복사뼈에 쇠못을 박아서 키타이론의 산속에 버렸다고 한다.) 그러나 목동은 차마 어린아이가 산속에서 죽도록 할 수 없어서 아이를 이웃 나라 코린토스의 목동에게 맡기고 테베가 아닌 곳에서 키워 달라고 부탁한다. (어떤 판본에는 아이의 발을 묶어 나뭇가지에 매달아 놓았다고도 한다.) 한편 목동은 아이가 없는 코린토스 왕 폴리보스에게 그 아이를 데려갔다. 왕은 흔쾌히 그 아이를 양자로 삼고, 오이디푸스라는 이름을 붙여준다. (오이디푸스란 '발이 부은 사람'이라는 뜻이다.) 오이디푸스는 자신이 양자임을 모른 채, 코린토스 왕의 아들로 성장한다. 하지만 우연한 기회에 그는 '아버지를 죽이고 어머니와 결혼할 것'이라는 무시무시한 신탁을 듣게 된다. 그리하여 그는 무작정 코린토스를 떠난다. 오이디푸스는 테베로 가는 도중 마차를 탄 노인 일행과 시비가 붙어 그 노인을 살해하고 마는데, 그가 자신의 친부 라이오스 왕이었다.

한편 그 무렵 테베에는 커다란 소동이 일어났다. 스핑크스라는 괴물이 테베 시로 들어가는 길목 높은 바위 위에 웅크리고 앉아서 지나가는 사람들에게 수수께끼를 내곤 했다. 그것을 풀면 무사히 통과하지만 풀지 못하면 잡아먹었다. (어떤 판본에는 수수께끼를 풀지 못한 사람을 죽였다고도 한다.) 아무도 이 수수께끼를 풀지 못했으므로 모두 잡아먹혔다. 소포클레스(기원전 496~기원전 406)에 따르면, 스핑크스는 그 엄청난 괴력으로 인해 많은 사람들의 두려움의 대상이 되었다고 한다. 급기야 이오카스테 왕비는 테베를 괴롭히는 이 괴물을 퇴치하는 자에게 죽은 선왕(先王)의 자리를 물려주고, 그와 결혼하겠다고 한다. 오이디푸스는 괴물 스핑크스에 대한 무서운 이야기를 듣고도 전혀 겁을 먹지 않고 대담하게 그를 찾아간다. 오이디푸스가 테베의 암산에 도착하자 바위 위에 스핑크스가 나타나 수수께끼를 낸다.

아침에는 네 다리로, 낮에는 두 다리로, 밤에는 세 다리로 걷는 짐승이 무엇이냐?

오이디푸스가 이 수수께끼를 풀자 스핑크스는 바위 위에서 스스로 몸을 던져 죽었다고 한다. 이 수수께끼는 『오이디푸스 왕』에는 단순히 '시험'으로 나오지만, 『그리스 로마 신화』에 자세히 전해진다. 그만큼 오랜 연원을 가졌다는 것이다. 그러면 그 답은 무엇인가?

그건 '사람'이다. 사람은 어릴 때엔 두 손과 두 발로 기어 다니고, 어른이 되면 두 발로 서서 걸으며, 노년이 되면 지팡이의 도움을 받아서 걸어 다닌다.

오이디푸스는 스핑크스의 수수께끼에 "그것은 사람이다."라고 답한다. 사람은 어렸을 때 네 다리로 기어 다니고, 자라서는 두 발로 걷고, 늙어서는 지팡이를 짚어 세 다리로 지탱하기 때문에 그렇게 답한 것이다. 독자들은 이미 그 답을 알고 있다. 사실 답을 알고 있는 사람에게 이 수수께끼는 식상하다. 그러나 여기에서 우선 그 답에 직행하기보다 그러한 과정을 살펴보기로 한다. 『그리스 로마 신화』에서 오이디푸스가 수수께끼를 풀자, 스핑크스는 바위 위에서 스스로 몸을 던져 죽었다고 한다. 너무나 간단히, 그리고 빠르게 서사는 진행된다. 그렇다면 되물어보자. 왜 답이 인간인가? 이보다 더 어려운 수수께끼도 얼마든지 있을 텐데 하필 왜 답이 '인간'인 질문을 던졌는가? 그것은 괴물인 스핑크스가 인간에게 묻는 질문이며, 인간에게 던진 화두이다. 바로 인간에게 인간을 묻는 것이다. 인간은 타자에 대해서는 잘 알지만, 정작 자기 자신은 잘 모른다. 그래서 소크라테스도 '너 자신을 알라!'고 하지 않았던가.

한편 테베의 골칫덩이였던 스핑크스를 퇴치한 오이디푸스는 그 공로로 테베의 왕이 되었다. 또한 미망인이자 그의 친

어머니인 왕비 이오카스테와 결혼하여 아들 에테오클레스와 폴리네이케스, 딸 안티고네와 이스메네를 낳아 행복하게 살았다. 그런데 이들에게 불행이 뒤따른다. 테베에 역병이 돌자 오이디푸스는 그 원인을 찾던 중 '선왕 라이오스를 죽인 자를 찾아 복수를 하면 역병이 물러간다.'는 신탁을 전해 듣게 된다. 사건의 실마리를 하나하나 찾아가던 오이디푸스는 결국 라이오스 왕을 죽인 범인이 자신이며, 아울러 자신을 낳아준 어머니를 아내로 취했다는 사실을 알게 된다. 모든 것을 알고 왕비 이오카스테를 찾았을 때, 그녀는 이미 목을 매어 자살한 후였다. 오이디푸스는 스스로 눈을 찔러 멀게 하고, 딸 안티고네의 도움을 받아 참회의 길을 떠난다. 여기까지가 오이디푸스의 개략적인 이야기이다.

그런데 오이디푸스의 삶에서 수수께끼는 여러 가지 의미를 갖는다. 수수께끼를 풀었기 때문에 왕이 되고, 어머니인 이오카스테 왕비와 결혼을 하게 된다. 그러므로 스핑크스의 질문은 오이디푸스에게 '네 자신을 제대로 알라!' 하고 던진 말일 수 있다. 그것은 보편적 인간이 아닌 특수한 인간을 의미하는 것이다. 오이디푸스는 부모로부터 버림을 받은 존재이고, 코린토스 왕에게 양육되어, 자신에게 주어진 신탁을 거부하기 위해 코린토스를 벗어나 테베로 가는 길에 사소한 시비로 아버지를 죽인 존재가 아니던가. 그리고 테베의 골칫덩이인 괴물을 퇴치한 공로로 어머니와 결혼한 인물이 아닌가. 그것을 과거 현재 미래로 환치하면, 부모로부터 버림받음, 아버지 라이오스를 죽임, 어머니 이오카스테와 결혼함이라는 오이디푸스의 삶의 여정이 놓인다. 그리고 이야기가 테베에 만연한 역병의 원인을 추적하는 과정에서 오이디푸스의 과거와 현재를 밝히는 서사로 구성되었다는 점에서 스핑크스의 질문은 '오이디푸스야, 네 자신을 아느냐?'라는 질문으로 귀결될 수 있다. 그러나 스핑크스는 그 지역을 지나는 모든 인간들에게 동일한 질문을 던졌고, 그 질문에 답하지 못하는 사람들을 잡아먹었다고 한다. 그것은 오이디푸스뿐만 아니라 모든 인간에게 던진 질문이다. 오히려 오이디푸스가 이 질문을 풀었다는 것은 보통 사람들보다 뛰어남을 말해주는 증표로 자리한다. 그리고 그것은 이후 왕이 되어 어머니와 결혼하는 등 신탁을 구현하는 데 필요한 하나의 통과제의로 기능한다. 괴물이었던 스핑크스가 인간인 오이디푸스에게 네 자신, 곧 너의 과거와 현재와 미래를 알라는 하나의 전언으로 제시한 것이다. 스핑크스가 오이디푸스에게 '네 자신에 대해 잘 알라'고 하는 전언은 다시 우리에게 던져짐으로써 '인간아, 너 자신을 제대로 알아라!'라는 의미로 확대된 것이다.

그런데 스핑크스의 수수께끼는 이것이 전부인가? 피에르 그리말에 따르면, 드물긴 하지만 스핑크스의 두번째 수수께끼가 있었다고 한다.

두 자매가 있다. 언니가 동생을 낳고, 다음에 동생이
언니를 낳는다. 이 자매는 누구인가?

이것은 스핑크스의 두 번째 수수께끼로 알려져 있다. 소설
가 베르나르 베르베르는 『신』에서 스핑크스의 첫 번째 수수
께끼 이후에도 수많은 수수께끼가 만들어졌다고 했다. 이 역
시 괴물 스핑크스가 인간에게 던진 수수께끼이다. 어차피 첫
번째 수수께끼가 만들어진 것이니 거기에 기대어 무수한 수
수께끼가 만들어질 법하지 않은가? 그래도 첫 수수께끼가 인
간에 관한 것이니 그 다음의 것들도 그 정도의 무게를 감당해
야 한다. 첫번째 것과는 다르지만 이 역시 우리 인간에게 중
요한 질문이다.

자매가 있는데, 언니가 동생을 낳고 동생이 언니를 낳는다
는 것은 과학적 합리적 이야기가 아니라 비유적 상징적 설명
이다. 시인 박남수는 「아침 이미지」라는 시에서 "어둠은 새를
낳고 / 돌을 낳고 / 꽃을 낳는다."고 말했다. 이어서 "아침이면
/ 어둠은 온갖 물상들을 돌려"준다고 했다. 이 시는 어둠과 아
침의 이미지를 대비시키고 있다. 어둠에서 빛이 들어오면 온
갖 물상들은 자신의 존재를 드러낸다. 밤과 낮이 교차하면서
그러한 탄생들로 채워진다. 이것은 충분히 논리적이다. 그렇
다면 그것은 무엇인가?

나는 무엇이든 삼켜버린다.

날짐승이든 길짐승이든 나무든 풀이든 가리지 않는다.

나는 쇳덩이를 갉아먹고 강철을 물어뜯으며, 딱딱한 돌멩이를 가루로 만들어 버린다.

나는 왕들을 죽이고 도시를 파괴하며, 세상에서 제일 높은 산들을 납작하게 만든다.

나는 누구일까?

베르나르 베르베르는 위와 같은 수수께끼를 제시했다. '자매'와 '나'는 서로 같은 것인가, 다른 것인가? 두 번째 수수께끼는 박남수의 시와 닮아 있다. 먼저 '자매'는 해와 달, 곧 낮과 밤이다. 우리는 이를 일월(日月) 또는 주야(晝夜)라고 하지만, 근본적으로 시간 또는 세월을 의미한다. 즉 밤은 낮을 낳고, 낮은 밤을 낳는다. 그렇다면 '나'는 무엇인가? 낮의 햇빛이 사라지고 밤의 어둠이 몰려오면 모든 물상들은 사라진다. 곧 어둠은 모든 물상을 삼켜버린다. 낮과 밤이 교차하면서 탄생과 소멸이 반복된다. 그러므로 '나' 역시 시간이다. 시간은 모든 것을 삼켜버린다. 날짐승이나 길짐승, 나무나 풀, 쇳덩이, 돌멩이, 심지어 왕이나 도시, 산들마저 삼켜버린다. '무엇이든 삼켜버리는 것은 무엇인가?'라는 질문 대신 여러 사물들을 적시함으로써 그 답을 암시하고 있지만, 그것은 조금 산만한 느낌을 주는 수수께끼이다. 그래도 시간의 속성을 구체적으로

묻고 있다.

그런데 '언니가 동생을 낳고, 동생이 언니를 낳는다'는 것은 시간을 생성의 관점에서 본 것이고, '무엇이든 삼켜버리고 갉아먹고 파괴한다'는 것은 소멸의 관점에서 본 것이다. 한편 전자는 시간을 순환적인 관점에서, 후자는 직선적인 관점에서 본 것이다. 어떤 형태이든 시간은 인간과 떼려야 뗄 수 없다. 인간이 유한적 존재로 살아가면서 세월을 안다는 것은 참으로 중요하다. 달리 이 문제는 인간에게 아주 절실하면서도 필요한 문제이다. 그러므로 스핑크스의 제2 수수께끼는 제법 그럴 듯하면서도 그 의미가 충분하다. 인간이 자신을 아는 것만큼 알아야 할 것이 시간이다. 인간이 자신을 안다는 것은 스스로 유한적 존재라는 사실을 아는 것과 직결된다. 곧 시간에 대한 인식을 동반한다. 이미 스핑크스의 첫 번째 질문, 즉 '아침-낮-밤'은 시간의 개입으로 인한 것이고, 그것은 '아이-어른-노인'으로 이어지는 인간의 삶의 과정을 말해주는 것이 아니던가. 인간은 시간 속에 살아가는 유한적 존재이기 때문에 제2 수수께끼는 인간의 존재론적 성격을 규정하는 근원적 질문인 것이다. 인간은 유한한 시공간 속에 살고 있다는 것을 아는 순간, 자신의 본질을 제대로 인식하게 된다.

처음 생겨날 때 가장 크고, 한창일 때 가장 작고, 늙어서 다시 커지는 것은?

    인터넷에는 스핑크스의 또 다른 수수께끼라고 하여 위의 것이 떠돈다. 세 번째 질문이라고 해도 무방할 것이다. 처음에 생겨날 때 가장 크고, 한창일 때 가장 작고, 늙어서 다시 커진다는 3단계 변화는 첫 번째 질문의 형식을 띤 것으로 볼 수 있다. 그러나 그 대답은 다를 수밖에 없다. 그런데 이 질문은 다시 두 번째 수수께끼와 연관이 있다. 어쩌면 그것은 첫 번째와 두 번째를 경험해야 얻을 수 있는 것, 즉 주체로서의 인간 존재와 세월이라는 시공간을 경유한 것이다. 인간은 스스로의 존재를 파악하는 데 외부 대상을 필요로 한다. 그것은 자신의 모습을 되비추어주는 거울도 있고, 자신의 목소리를 돌려주는 메아리도 있지만, 자신의 존재를 늘 따라다니면서 존재감을 드러내는 그림자도 있다. 그림자는 아침에 제일 컸다가, 한낮에 가장 짧고, 해질녘이 되면 다시 커진다. 그런데 그림자는 자신의 또 다른 모습, 주체에서 떼어내려고 해도 떼어낼 수 없는 존재이다. 그것은 자신의 내면에 존재하는 주체의 이면이며, 그래서 주체는 그림자를 인식함으로써 자신을 확실히 인식하는 것이다. 여기에서 인간은 또 다른 주체에 대한 인식으로 나아간다. 그것은 곧 네 발과 두 발과 세 발로 걸어 다니는 존재가 아닌 컸다 작았다 커지는 또 다른 자아에 대한 인식이다. 이 질문도 궁극적으로 거울이나 메아리가 그러하듯 인간 주체로 수렴된다. 어쩌면 이러한 스핑크스의 질문은 한없이 반복 확장되리라.

한편 베르나르 베르베르는 『신』에서 스핑크스의 또 다른 수수께끼라고 하여 아래와 같은 질문을 던진다.

이것은 신보다 우월하고 악마보다 나쁘다.
가난한 이웃들에게 이것이 있고
부자들에게 이것이 부족하다.
만약 사람이 이것을 먹으면 죽는다.
이것은 무엇일까?

베르나르 베르베르는 이것이 스핑크스의 마지막 수수께끼라고 말했다. 그러나 쉽게 와 닿지 않는다. 그것은 '마지막 수수께끼'이기도 하겠지만, 제목으로 제시한 『신』과도 그렇게 밀접하지 않기 때문이다. 사실 이 문제를 접하면 사람들은 다음과 같이 생각한다.

대다수는 수수께끼를 풀지 못해. '신보다 우월하고'라는 말을 듣자마자 현기증을 느끼거든. '악마보다 나쁘다'는 말을 들으면 훨씬 혼란에 빠지지.

베르나르 베르베르는 제우스의 입을 빌어 이 수수께끼를 들으면 사람들이 혼란에 빠질 것이라고 말했다. 작중 화자인 나는 이 수수께끼의 답을 찾아 방황한다. 그래서 '아이'일 것

이라고 생각하기도 하고, '욕망'이라고 생각했다가, 다시 '부부'
라고 생각했다가 나중에는 '사랑, 희망, 질병, 독약' 등 혼란을
겪는다. 그러나 마침내 스핑크스의 도움을 받아 답에 이른다.

> 신보다 우월한 것은 아무것도 없고, 악마보다 나쁜 것
> 도 아무것도 없어. 부자는 부족한 게 아무것도 없으며,
> 가난한 사람에게는 아무것도 없어. 또 만일 아무것도 먹
> 지 않으면, 우리는 죽고 말지.

베르나르 베르베르는 수수께끼에 대한 답으로 '아무것도 없
음', 곧 무(無)를 제시한다. 작중 인물인 제우스는 '없음'(無)이
라는 답을 떠올리기 위해서는 '무'라는 것을 생각해본 적이 있
어야 한다고 말했다. '없음'은 모든 것의 반대이며, "신이 모든
것으로 정의될 수 있다면 '모든 것'으로서의 신은 그것의 대립
항, 즉 없음에 의해서만 존재할 뿐이라는 사실", 곧 신에 대한
존재론적 역설을 드러낸다. 그러나 베르베르가 궁극적으로 말
하는 것은 다른 것이 아니겠는가?

> 우리는 무(無)에서 태어난다.
> 하늘에서 우리를 살피거나 우리에게 관심을 갖는 존재
> 는 없다. 우리의 현실 세계 위쪽이나 아래쪽에는 아무것
> 도 존재하지 않는다. 우리가 죽은 뒤에도 마찬가지이다.

우리는 다시 무로 돌아간다.

베르나르 베르베르가 『신』을 이야기한 것은 달리 인간을 이야기하기 위해서였다. 그것은 인간이 무에서 태어나 무로 돌아간다는 사실이다. "너와 반대되는 것을 아는 것이 너 자신을 아는 최선의 방법"이라는 말을 제목과 연결하면 신을 통해서 인간을 가장 잘 알 수 있다는 말이 될 것이다. "하느님께서는 당신의 모습으로 인간을 창조했다고 했지만, 신이 인간의 모습으로 자기 자신을 재창조했다."는 제우스의 말은 궁극적으로 신화를 지어낸 것도 인간이라는 말과 직결된다. '없음'은 존재하지 않지만, '있음(存在)'이 있기에 존재하는 것이다. 신이라는 형상이 존재하는 것은 인간이 존재하기 때문이다. 베르베르가 결국 『신』에서 말하고자 했던 것은 인간에게 불가항력적인 존재로서의 '무(無)'가 아니겠는가.

스핑크스는 테베의 암산에서 지나가는 사람들에게 "아침에는 네 다리로, 낮에는 두 다리로, 밤에는 세 다리로 걷는 짐승이 무엇이냐?"라고 물었다. 인간은 태어나서 유년기, 성년기, 노년기의 삶을 거친다. 여기에서 스핑크스는 인간에게 스스로의 삶을 통해 자신을 알라고 깨우친 것이다. 그것은 스핑크스의 첫 번째 질문이었다. 베르나르 베르베르는 스핑크스의 마지막 질문으로 "신보다 우월하고 악마보다 나쁘며, 가난한 사람에게는 있고, 부자에게는 부족하며, 만약 사람이 먹으면 죽는 것이 무엇이냐?"라고 물었다. 그리고 그에 대한 답으로 '없음', 곧 '무(無)'를 제시했다. 어쩌면 인간은 죽을 수밖에 없는 존재, 결국 '무'에서 나와 '무'로 돌아가는 존재라는 것을 말하려 했던 것이 아닐까? 인간은 죽을 수밖에 없는 존재이다. 그 옛날 어떤 사람은 인간 스스로를 알라고 스핑크스의 이야기를 만들었고, 베르나르 베르베르 역시 인간 자신을 알라고 『신』을 창작한 것이다. 스핑크스의 수수께끼가 어디 이것뿐이겠는가? 무수한 화두가 존재하듯, 스핑크스의 수수께끼도 무수히 존재하리라.

그런데 이미 답이 말해진 스핑크스의 수수께끼는 더 이상 존재 의미가 없다. 스핑크스의 수수께끼는 답이 제시됨과 더불어 수수께끼로서의 기능은 사라지고 말기 때문이다. 그러면 스핑크스의 새로운 수수께끼가 나타날 것이다. 인간에게는 늘 새로운 답이 필요하다. 스핑크스가 자신의 질문에 답이 나오자마자 자살했다는 것은 더 이상 자신의 수수께끼가 쓸모없어져 버렸기 때문이다. 아직 답이 밝혀지지 않은 스핑크스의 수수께끼만이 생명력을 가진다. 답과 더불어 수수께끼는 존재 의미가 사라지고, 또 다른 수수께끼가 나타날 것이다. 그렇기에 스핑크스의 수수께끼는 더 이상 존재하지 않지만, 항상 존재할 수밖에 없다.

02. 독수리의 갱생 —『피지올로구스』와『시편 주석』

세상에 「솔개의 갱생」이라는 이야기가 있다. 이 이야기는 최근 몇 년 동안 급속히 퍼졌다. 대중 강연에서, 글에서, 그리고 교회 설교에서도 자주 등장하는 이야기가 되었다. 이제 잘 모르는 사람이 없을 정도이다. 전하는 사람에 따라 조금씩 차이가 있기는 하지만, 그 이야기는 대충 이러하다.

솔개는 가장 장수하는 조류로 알려져 있다. 솔개는 최고 약 70세의 수명을 누릴 수 있는데, 그가 이렇게 장수하려면 약 40살이 되었을 때 매우 고통스럽고 중요한 결심을 해야만 한다.

솔개는 약 40살이 되면 발톱이 노화하여 사냥감을 그다지 효과적으로 잡아챌 수 없게 된다. 부리도 길게 자라고 구부러져 가슴에 닿을 정도가 되고, 깃털이 짙고 두텁게 자라 날개가 매우 무겁게 되어 하늘로 날아오르기가 나날이 힘들게 된다. 이즈음이 되면 솔개에게는 두 가지 선택이 있을 뿐이다. 그대로 죽을 날을 기다리든

사진출처: 위키피디아

솔개

가 아니면 약 반년에 걸친 매우 고통스런 갱생 과정을 수행하는 것이다.

갱생의 길을 선택한 솔개는 먼저 산 정상 부근으로 높이 날아올라 그곳에 둥지를 짓고 머물며 고통스런 수행을 시작하게 된다. 그는 먼저 부리로 바위를 쪼아 부리가 깨지고 빠지게 만든다. 그러면 서서히 새로운 부리가 돋아나는 것이다. 그런 후 새로 돋은 부리로 발톱을 하나하나 뽑아낸다. 그리고 새로 발톱이 돋아나면 이번에는 날개의 깃털을 하나하나 뽑아낸다. 이리하여 약 반년이 지나면 새 깃털이 돋아난 솔개는 완전히 새로운 모습으로 변신하게 된다.

그리고 다시 힘차게 하늘로 날아올라 30년의 수명을 더 누리게 되는 것이다.

이 이야기는 정광호의 『CEO 경영우언』(매일경제신문사, 2005)에 소개된 글이다. 그가 이 이야기를 소개하면서 더욱 널리 알려졌다. 어떤 사람은 이 이야기를 전하면서 출처를 밝히고 그것이 마치 정광호의 이야기인양 말한다. 물론 굳이 원래의 작자를 알아서 무엇하랴? 하고 말하기도 한다. 누가 썼다는 것이 중요한 것이 아니라 그 내용이 중요하기 때문이다. 그러나 사람들은 그것이 광범위하게 유포되어 있는 이야기란 사실을 잘 모른다. 몇몇 사람들이 이 예화를 들어 조직의 환골탈태를 주장하기도 한다. 어떤 목사는 이 이야기를 통해 기독교인의 영적 변화(갱생)를 강조하기도 한다. 또 어떤 사람들은 자신의 남은 반생을 새롭게 살기로 각오하기도 한다. 곧 실제의 솔개처럼 인간 역시 그러해야 한다는 논리이다.

그러나 구본권은 「'솔개식 개혁'의 실체 … 솔개는 정말 환골탈태를 할까?」(『한겨레신문』, 2006.5.9.)에서 이 이야기의 허상을 밝히며 "우화가 과학적 근거를 갖춘 '사실'로 포장되는 듯한" 현실에 경계를 촉구했다. 지당한 말이다. 이 이야기는 실제에 근거한 사실이 아니다. 우화일 뿐이다. 그렇기에 조류학자나 수의사의 설명을 굳이 덧붙일 필요가 없다. 그들의 설명에 의지할 것도 없이 우리는 새의 부리가 다시 난다는 사실을 과학적으로 믿지 않는다. 이빨도 유치가 아닌 영구치가 빠지면 더 이상 나지 않는다. 그런데 부리가 다시 나오겠는가? 더더구나 육식동물이 6개월 동안 먹지 않고 버틴다는 것 역시 현실적으로 말이 되지 않는다. 그리고 한달 남짓 알을 품어 부화하는 솔개가 70년을 산다는 것도 있을 수 없는 일이다. 이 우화는 과학과 사실에 바탕을 두고 있는 것이 아니다. 수행, 갱생, 변신 등 이야기의 의도가 너무나 잘 드러나 있다. 그러므로 그것이 솔개의 실제 삶인 것처럼 말하는 것은 아주 잘못된 일이다. 그냥 이야기일 뿐이다.

우화는 교훈을 주기 위해 창작된 이야기라는 사실은 자명하다. 이 우화를 어떤 사람은 솔개가 아닌 독수리로 대신하여 이야기를 하기도 한다. 솔개인들 어떠하며, 독수리인들 어떠하랴? 어떤 사람은 솔개이면 솔개이고, 독수리이면 독수리이지, 어느 것인들 무방하다면 그것이 말이 되겠느냐고 항변할 것이다. 실상 앞에서 언급한 오이디푸스 이야기에 나오는 스핑크스라는 괴물도 마찬가지이다.

고대 이집트의 피라미드 주변에 만들어진 스핑크스는 사람(남자)의 머리에 사자의 몸체를 하고 있다. 현재 루브르박물관에 소장된 고대 이집트 유물인 「대형 스핑크스」(기원전 2700년~기원전 2200년경 제작)도 그러한 모습이다. 이밖에도 이집트 스핑크스는 숫양이나 매의 머리를 한 사자의 모습으로 나타나기도 한다.

대형 스핑크스
(기원전 2700년~기원전 2200년경)

매의 머리를 한 스핑크스
(기원전 1250년경)

또한 그리스에서는 기원전 1600년경의 미케네의 수혈묘(竪穴墓)나 크레타섬에서 발견된 인영(印影)에서는 날개를 가지고 있는 것으로 나타난다. 루브르박물관에 소장된 고대 유물 「스핑크스」(기원전 620년~기원전 480년경 제작)는 사람(여자)의 얼굴에,

스핑크스
(기원전 620년~기원전
480년경)

여자 스핑크스
(1664년경)

사자의 몸체에, 날개를 단 형상이다. 마티유 레스파냥델 (Matthieu Lespagnandelle)이 1664년경에 조각한 「스핑크스」(퐁텐 블로성에 소장)는 여성의 얼굴에 사자의 몸체를 하고 있다. 귀스타브 모로(Gustave Moreau)가 19세기경 제작한 소묘 「오이디푸스와 스핑크스」(귀스타브 모로 미술관에 소장) 역시 여성의 얼굴과 가슴에 사자의 몸체, 그리고 독수리의 날개를 갖고 있다. 이처럼 스핑크스는 지역과 시대에 따라 그 모습이나 성격이 다르게 나타난다.

그러면 왜 솔개, 또는 독수리의 갱생인가? 스핑크스라는 괴물은 다양한데 그 가운데 일부가 독수리 또는 매와 관련이 된다. 날개를 가진 새, 그것도 새의 제왕으로 알려진 독수리는 육지보다는 하늘의 지배자로 군림한다. 새로운 삶의 모습은 지상의 삶으로 만족되지 않는다. 그것은 천상에서의 삶과 관련된다. 옛날부터 천상은 주로 신들이 사는 공간으로 인식되었다. 천상의 사자(使者)들이 날개를 갖고 있는 것도 그 때문이다. 독수리는 신화에서 신의 사자로 등장하기도 한다. 하늘에 오르거나 천상에 살고 싶어하는 것은 인간의 욕망이다. 인간은 직립한다. 발은 땅을 딛고 있지만, 눈은 가장 높은 지점에 있어 하늘을 지향한다. 누워서도 하늘을 본다. 인간은 한 생애를 땅에서 살다가 마감한다. 변태도 탈피도 없다. 그래서 늘 천상의 삶을 꿈꾼다.

인간은 지상과 천상에 대한 지배 욕망을 동시에 갖고 있다. 그리스의 스핑크스는 사자의 용맹함과 매의 민첩함을 갖고 있다. 새는 주로 천상과 지상을 연결하는 동물로 표상된다. 게다가 독수리, 솔개, 매는 모두 매목에 속하는 조류들로 흔히 맹금류로 분류된다. 스핑크스에 그러한 새의 이미지가 결합된 것은 무슨 까닭일까? 사자는 동물의 왕으로 불린다. 그러나 사자는 지상적인 존재이다. 독수리(매를 포함하여)는 새들의 왕으로 불린다. 그들은 높이 날 수 있다는 측면에서 인간에게는 늘 동경의 대상이 되어 왔다. 제인 구달은 가장 높이 나는 새로 독수리를 언급했다. 인간은 지상의 사자와 천상의 독수리(또는 매)의 능력을 욕망한다. 인간은 지상에서 벗어나 천상에 이르고 싶은 욕망을 지녔기 때문이다. 스핑크스가 독수리의 날개를 갖고 있다거나 매의 얼굴을 하고 있는 것은 그러한 욕망의 표현이다.

왜 솔개가 다른 이야기에서는 독수리로 등장하는 것일까? 매와 솔개와 독수리는 하늘을 지배하는 동물로 인식된다. 인간은 그들을 통해 비상의 욕망을 실현한다. 다이달로스와 이카로스가 새의 날개를 달고 하늘을 오른 것도 그러한 욕망을 드러낸다. 심지어 겨드랑이 밑에 날개가 돋은 아기장수도 그러하다. '박제가 되어버린 천재' 이상도 여전히 날개에 대한 동경과 그 흔적을 기억하고픈 존재가 아니었던가.

독수리가 나이가 들어서 늙으면 날갯짓이 무겁고 시력이 흐려집니다. 그때 독수리는 어떻게 할까요? 우선 맑은 물이 솟구치는 샘을 찾아 나섭니다. 그리고 태양이 내뿜는 빛발 속으로 날아 올라가서 자신의 낡은 깃털을 깡그리 태우고 눈에 드리운 어둠을 말끔히 벗겨냅니다. 그리고 나서 샘으로 날아 내려와 세 차례 몸을 담그면 독수리는 새로워지고 젊음을 회복합니다.

독수리가 갱생을 하는 것은 중세 시대에 만연된 이야기로 보인다. 『피지올로구스』에는 독수리가 나이가 들어 날갯짓이 무겁고 눈이 흐려지면 태양의 빛발 속으로 올라가서 깃털을 태우고 눈에 드리운 어둠을 모두 벗겨내어 젊음을 회복한다는 이야기가 나온다. 물론 독수리는 샘에 들어가 정화 의식을 거친다. 『피지올로구스』의 원래 판본은 2세기 전후 알렉산드

리아에서 처음 쓰인 것으로 추정되고 있다. 구전과 민담으로 전해져오던 것이 기록되었다고 하는데, 그 역사성을 말해준다. 현존하는 가장 오래된 판본은 5세기 무렵에 나온 것이라 한다. 독수리의 갱생에 대한 이야기의 역사 또한 『피지올로구스』의 역사만큼이나 오래되었다고 할 수 있다. 늙은 독수리가 태양을 향한다거나 샘으로 내려와 몸을 담궜다는 대목에서 기독교적 종교의식이 드러난다. 그것은 낡은 인간의 옷을 벗어버리고 천상을 지향하며 새로운 삶을 살아가는 그리스도인의 모습을 묘사한 것이다. 그런데 아우구스티누스(Aurelius Augustinus, 354~430)는 『시편 주석』(『The Expositions On The Psalms』)에서 더욱 상세한 의식(儀式)을 제시한다.

독수리는 나이가 들면 지나치게 자라난 부리 때문에 먹이를 제대로 먹을 수 없다고 한다. 아랫부리 위로 갈고리를 형성하는 윗부리가 나이가 듦에 따라 너무 길게 자라서 독수리는 입을 열고 윗부리의 갈고리와 아랫부리 사이에 조금의 간극을 만들 수 없다. 부리 사이에 그러한 간극을 만들 수 없다면 먹이를 찢는 데 부리를 집게처럼 사용할 수 없다. 계속 자라 너무 휘어져버린 윗부리 때문에 입을 벌리고 어떤 먹이도 제대로 삼킬 수 없다. 이것은 나이 때문에 그렇게 된 것이다. 노쇠와 영양실조로 인해 독수리는 몸무게가 빠지고 매우 쇠약해지는데, 나이와 굶주림이라는 불행이 동시에 독수리를 괴롭히기 때문이다. 그래서 독수리는 어떤 면에서 자신의 젊음을 회복하게 하는 어떤 타고난 본능에 따른다고 한다. 독수리는 너무 자라서 음식 통로를 방해하는, 우리가 윗부리라 부르는 것을 바위에 부딪는다. 독수리는 먹이를 삼키는 데 방해되는 거추장스러운 부리를 바위에 그렇게 부딪침으로써 스스로 제거해버린다. 그리고 나서 독수리가 먹이를 찾으면 모든 것이 회복된다. 독수리는 자신의 노년기에 다시 젊은 독수리처럼 될 것이다. 두 다리에 힘이 돌아오고, 깃털에 윤기가 되살아나고, 두 날개도 힘과 기량을 회복하여 독수리는 이전처럼 하늘 높이 날아오른다. 일종의 부활이 일어난다.

『시편 주석』에는 독수리가 스스로 부리를 바위에 부딪쳐 제거하는 것으로 나온다. 현재에 유행하는 정광호의 솔개 갱생 이야기는 『시편 주석』의 독수리 이야기를 근간으로 한다. 아울러 『시편 주석』은 『피지올로구스』의 독수리 이야기를 근간으로 한다. 『피지올로구스』에서 독수리가 자신의 깃털을 태양의 불기운에 태워서 새롭게 하는 것이라면, 『시편 주석』에는 독수리가 새로운 삶을 위해 낡은 부리를 바위에 부딪쳐 제거함으로써 새롭게 부활하는 모습으로 나타난다. 『피지올로구스』를 번역한 노성두에 따르면 『피지올로구스』의 후대 판본은 "길게 자란 부리 때문에 굶주림을 면할 수 없던 독수리는 높은 곳에서 날아 내려와 부리 끝을 바위에 쳐서 떼어내는” 이야기로 바뀐다고 한다. 그것이 아우구스티누스의 『시편 주석』에 영향을 미친 것인지, 아니면 아우구스티누스의 『시편 주석』이 『피지올로구스』의 후대 판본에 영향을 준 것인지는 분명하지 않다. 그러나 털을 불태워 갱생한 이야기가 부리를 뽑아내고 갱생한 이야기보다 선행한 판본인 것은 분명하다. 그리고 이 두 이야기가 『성경』<시편> 제103장 5절 “네 청춘을 ‘독수리’같이 새롭게 하시는도다.”를 설명하는 내용이다. 그것은 <이사야>의 “오직 여호와를 앙망하는 자는 새 힘을 얻으리니 독수리가 날개치며 올라감 같을 것”(40장 31절)이라는 내용과도 통한다. 이러한 구절들에서 독수리가 새로운 힘을 얻는 것으로 제시되는데, 그러한 갱생에 부리 및 털의 재생이 존재하는 것이다. 아우구스티누스는 독수리가 갱생하는 데에는 무수한 시련과 고통의 극복 과정이 수반됨을 이야기해준다. 그는 동물마저 자기 갱생의 노력을 하는데 인간들은 더욱 그러해야 한다는 당위성을 갖고 말하는 듯하다.

그런데 이야기가 「솔개의 갱생」으로 바뀌면서 전대의 모습에서 상당히 벗어나고 있다. 솔개 이야기에서 더 이상 기독교적 의미는 찾기 어렵다. 그것은 이미 “솔개는 가장 장수하는 조류로 알려져 있다. 솔개는 최고 약 70살의 수명을 누릴 수 있는데 이렇게 장수하려면 약 40살이 되었을 때 매우 고통스럽고 중요한 결심을 해야만 한다.”라는 말 속에 들어 있다. 그리고 서술자는 “이즈음이 되면 솔개에게는 두 가지 선택이 있을 뿐이다. 그대로 죽을 날을 기다리든가 아니면 약 반년에 걸친 매우 고통스런 갱생 과정을 수행하는 것"이라고 에둘러 말하고 있다. 그러나 그것은 사실 솔개의 현실이라기보다 인간의 삶을 클로즈업시킨 것이다. 어차피 우화라는 것은 동물 그 자체의 이야기가 아니지 않은가? 동물의 탈을 쓴 인간의 이야기로, 결국 탈을 벗기면 거기에는 인간이 들어 있다. 70세라는 기표, 선택, 수행, 변신이라는 단어는 그러한 의미를 더한다. 그것은 더 이상 종교적 수행이 아니라 참된 인간으로 거듭나기 위한 변신이다. 인생 40에서 새로운 변신을 향한 몸부림과 수행을 시도할 것인가, 아니면 그대로 주저앉아 죽음을 기다릴 것인가? 우화를 전하는 사람은 솔개의 갱생을 이야기하고 있지만, 그것은 인간의 삶의 변곡점에서 자신을 위한 수행과 변신을 할 것인가 아니할 것인가에 대한 질문을 던지고 있다.

독수리나 솔개, 올빼미, 매는 현명하고 지혜로운 동물이며, 그래서 그들은 왕의 무덤을 수호하거나 천상의 사자와 같은 지혜로운 대상으로 인식된다. 독수리는 날고자 하는 인간 욕망의 표현이었다. 인간은 늘 비상하고 싶은 욕망을 지녔다. 그러므로 독수리든, 솔개든, 아니면 올빼미든, 매든 상관이 없다. 따라서 독수리가 과연 갱생을 하는지를 관찰할 필요가 없다. 독수리는 독수리 자체라기보다 인간의 또 다른 모습일 뿐이기 때문이다. 이것은 인간을 향한 이야기이고, 인간 자신에 관한 이야기이다. 그렇다면 독수리와 같이 현명한 인간이 될 것인가, 아니면 바보스런 인간이 될 것인가? 궁극적으로 이 이야기에서 독수리의 갱생은 금욕적 고행을 통한 인간 삶의 참다운 변화를 의미하는 것이리라.

03. 박제가 되어버린 천재 - 「날개」와 『그리스 로마 신화』

작가 이상(1910~1937), 우리는 그를 천재라 한다. 왜 그를 천재 작가라 부르는가? 그는 1930년대 작가로 문학 연구자마저 이해하기 어려운 작품을 남겼다. 유클리드 기하학, 뉴턴의 물리학에서 아인슈타인의 상대성원리, 보아의 양자역학 등 그의 학문은 종횡무진했고, 또한 그의 문학은 내적독백과 의식의 흐름의 모더니즘에서 주체 및 담론의 해체라는 포스트모더니즘에 이르기까지 다양한 스펙트럼을 형성한다. 그래서 그를 천재라 불렀는가? 그러한 이유도 있겠지만, 그의 독특한 수사가 더 큰 역할을 했을 것으로 보인다.

「박제가 되어 버린 천재」를 아시오? 나는 유쾌하오.
이런 때 연애까지가 유쾌하오.

이 구절은 「날개」의 맨 앞에 나온 아포리즘으로 일종의 화두이다. 작가인 이상이 독자에게 수수께끼를 던진 것이다. '박제가 되어버린 천재'를 아느냐고? 그러고는 혼자 유쾌하다고 낄낄거린다. 박제가 되어버린 천재라고? 이 뜬금없는 질문은 독자를 매료시키기에 부족함이 없고, 독자들은 그의 화두 속으로 빠져든다. 이것은 「날개」에 대한 화두이자, 이상에 대한 화두이기도 해서 우리는 이 수수께끼에 매달린다. 그렇게 말한 뒤 이상은 한발짝 물러난다.

> 니들은 '박제가 되어버린 천재'를 알어? 이 바보들아!
> 나는 알고 있어, 그래서 즐거워. (그는 세상 사람들에게 의미
> 모를 한 구절을 던지고 점잔을 핀다.) 너희들은 '박제가 되어버
> 린 천재'를 들어나 봤니? 아니 알고나 있느냐구? 하하하.

마치 이상의 웃음소리가 들려오는 듯하다. 「날개」의 프롤
로그에 해당하는 윗부분은 「날개」의 창작 방법, 또는 소설 내
용과도 밀접한 관련을 지닌다. 「날개」의 서사가 이상의 삶을
토대로 했기에 소설의 등장인물인 '나'는 바로 이상으로 읽힌
다. 물론 나는 이상 자신이라기보다는 소설 속에 형상화된 이
상이라 해야 하겠지만, 프롤로그에 나오는 '나'는 바로 이상
자신을 현시한다. 이상이 서사의 전면에 등장하여 마치 독자
와 내기를 하고 있는 듯한 형상이다.

> 나는 불현듯 겨드랑이가 가렵다. 아하, 그것은 내 인공
> 의 날개가 돋았던 자국이다. 오늘은 없는 이 날개. 머릿
> 속에서는 희망과 야심이 말소된 페이지가 딕셔너리 넘어
> 가듯 번뜩였다.
> 나는 걷던 걸음을 멈추고 그리고 일어나 한 번 이렇게
> 외쳐 보고 싶었다.

이것은 「날개」의 마지막 부분에 해당한다. 서사에서 화두는 결말에서 해결되거나, 그러하지 않더라도 그 실마리가 제시되어 있다. 곧 이 부분은 '박제가 되어버린 천재'를 푸는 데 하나의 실마리가 될 수 있다. 특히 이 부분에서 작품의 제목이 왜 '날개'인가 하는 것이 제대로 드러난다. '날개'는 일상과 현실을 벗어나 날고 싶은 욕망을 제시하고 있다. 또 그러한 욕망은 다시 '박제가 되어버린 천재'에게도 공유된 것이다. 여기에서 "나는 불현듯 겨드랑이가 가렵다. 아하, 그것은 내 인공의 날개가 돋았던 자국이다."라는 대목에 주목해볼 필요가 있다. 그러면 '인공의 날개'란 무엇인가.

> 다이달로스는 새의 깃털을 모아 처음에는 작은 것끼리 붙이고, 다음에는 큰 것들을 합해서 점점 면적이 커지도록 했다. 큰 것들은 실로 비끄러매고, 작은 것들은 밀랍으로 붙여서 전체가 새의 날개처럼 부드러운 만곡을 이루도록 했다.

이것은 『그리스 로마 신화』에 실린 '다이달로스'의 이야기이다. 다이달로스는 유능한 기술자였다. 그는 미노스 왕을 위해서 괴물 미노타우루스를 가둘 수 있는 미궁을 건설했다. 한번 들어가면 절대로 나올 수 없는 그런 미궁이었다. 그러나 테세우스가 괴물을 죽이고 실타래를 이용하여 미궁을 탈출하는 바람에 다이달로스는 아들 이카로스와 함께 미궁에 갇히게 되었다. 다이달로스는 새들의 깃털을 모아 큰 깃털은 실로 꿰고, 작은 깃털은 밀랍으로 붙여 날개를 만들었다. 일본 작가 아쿠타가와 류노스케(芥川龍之介, 1892~1927)는 그의 작품 「치차(齒車)」에서 다이달로스가 만든 '인공의 날개'를 언급했다. 이상은 「종생기」에서 "서른여섯 살에 자살한 어느 천재", 곧 아쿠타가와 류노스케를 언급했다. 이상은 진작부터 그를 알고 있었고, 그를 천재로 불렀다. 이상은 『그리스 로마 신화』를 직접 읽었거나 아쿠다까와 류노스케의 작품들을 통하여 다이달로스 이야기를 충분히 알고 있었을 것이다. 「날개」에서 "인공의 날개"란 다이달로스가 만든 날개와 관련이 있다.

아들에게 날개를 달아주고, 마치 어미새가 어린 새끼에게 높은 곳에 있는 둥지로부터 하늘로 날아가도록 가르쳐주듯이, 달래가면서 나는 법을 상세히 가르쳐주었다. 도망갈 준비가 다 되었을 때 그는 아들에게 말했다.

"내 아들 이카로스야, 적당한 높이로 날도록 해라. 만약 너무 낮게 난다면 습기로 인해 날개가 굳어버릴 것이고, 너무 높이 올라가면 열 때문에 날개가 녹아버릴 염려가 있기 때문이다. 그저 내 곁을 떠나지 말라. 그러면 안전할 것이다."

다이달로스는 두 벌의 날개를 만들어 하나는 자신이 걸치고, 또 다른 하나는 이카로스에게 주며 '태양빛에 밀랍이 녹지 않도록 너무 높이 날지 말고, 바닷물에 깃털이 젖지 않도록 너무 낮게 날지도 말라!'고 주의를 준 다음, 하늘을 향해 날갯짓을 하며 날아올랐다. 그런데 이카로스는 하늘에 날아오르자 기쁨에 겨워 아버지의 경고도 무시하고 점점 더 태양 가까이 날아올랐다. 그러자 밀랍이 녹으며 날개의 깃털이 죄다 떨어져 나가는 바람에 이카로스는 푸른 바다의 물결 속에 빠져 가라앉고 말았다. 다이달로스는 아들 이카로스의 죽음을 보고 자신의 재주를 한탄했다고 한다. 자신이 '인공의 날개 만들지 않았다면 아들이 죽지 않았을 텐데……' 하고 후회했을 것이다.

　다이달로스는 아폴론의 신전을 짓고 그의 날개를 신에게 바치는 제물로 걸어두었다고 한다. 박제가 되어버린 천재는 명장 및 그가 만든 인공의 날개와 결부되어 의미를 형성한다. 박제는 길짐승으로 만든 박제와 날짐승으로 만든 박제 등 다양하지만, 여기에서 날개와 결합하면서 새의 이미지를 형성한다. 그러나 새가 박제가 되었다는 것은 비록 겉보기에는 살아 있는 것처럼 보이지만, 사실상 죽어서 이미 비상하는 능력을 잃어버렸다는 것을 의미한다. 그것은 '인공의 날개'와 다를 바 없다. 그리고 천재이자 명장이었던 다이달로스는 뛰어난 기술을 가졌지만, 그러한 기술 때문에 아들 이카로스를 잃어버렸다. 아들을 잃어버린 다이달로스는 '박제가 되어버린 천재'와 다름없는 존재가 되었다. '박제가 되어버린 천재'는 이러한 상황을 전제하고 있다.

그런데 그것만으로 이야기는 마무리되지 않는다. 또 하나 '겨드랑이에 날개가 돋았던 자국'은 아기장수 전설과 연결된다. 「아기장수 전설」은 전국에 300여 개에 이를 정도로 광범위하게 유포되어 있다.

> 그 장사가 이 품평리에서 태어났는데, 근디 어려서, 어려서 보니까 그 사람이 겨드랑이 밑에 쭉지가 달렸드라 이것이여. 날개가 돋기 시작을 혀. 그랬는디 그 항간에 지위도 낮을 뿐 아니라, 옛날에 그러한 사람이 서민 집안에 나며는 대역적으로 삼족이 멸할 수 있다 그래가지고 즈기 부모가 그것을 몰래 전부 뽑아부렸어. 그래가지고 크게 출세를 못허고, 그분이 그렇게 이름 없이 참 갔는데……

이것은 전남 화순군 이양면 품평리에 전해오는 「아기장수 설화」의 일부이다. 아기장수 이야기는 대부분 아이가 태어날 때 겨드랑이 밑에 날개가 돋고 신이한 능력을 가졌기 때문에 어머니나 그 가족, 또는 관리들에 의해 죽음을 당한다는 비극적인 내용이다. 이 전설에서 겨드랑이에 난 날개는 특별한 능력을 의미하는 증표이다. 죽음을 당하는 이유는 아기장수가 서민 집안에서 태어났기 때문이다. 서민이 특별한 능력을 가지면 역적이 되어 3족을 멸하는 비극을 당한다. 이것은 불우한 시대, 즉 자기의 능력을 발휘하지 못하고 그 능력을 알아주지 못하는 세상과 그러한 시대에 희생된 민간 영웅의 전설이다. 최인훈도 일찍 아기장수에 큰 관심을 보였다.

한 옛날 박천(博川) 원수봉(元帥峰) 기슭에 오막살이 한 채가 있었는데, 어느 날 이 집 아낙네가 옥동자를 해산했다. 워낙 가난할 뿐만 아니라 근처에 인가가 없기 때문에 산모는 자기 손으로 태끈을 끊고 국밥도 손수 끓여 먹을 수밖에 없는 형편이었다. 해산한 다음날 부엌일을 하고 있노라니까 방안에서 갓난아기 울음소리 아닌 재롱떠는 소리가 들려왔다. 산모는 이상히 여겨 샛문 틈으로 들여다보았다. 아니! 아기가 혼자서 벽을 짚고 아장아장 거닐며 재잘거리고 있지 않은가. 아낙네는 이거 웬일인가 하고 뛰쳐올라가 아기를 붙안고 몸을 이리저리 살펴보았다. 다시 한번 놀랐다. 겨드랑이 밑에 날갯죽지가 싹트고 있지 않은가. 장수로구나. 비범한 인간이라는 것을 깨닫는 순간, 어머니에게는 기쁨보다 걱정이 앞섰다. 만약 관가에서 이 일을 알게 되는 날엔 온 집안이 몰살당하게 될 것이 아닌가. 아낙네는 생각다 못해 남이 알기 전에 이 아이를 죽여버리기로 결심하고 아기 배 위에 팥섬을 들어다가 지질러놓았다. 곧 죽을 줄 알았던 팥섬에 깔린 아기는 이틀이 지나도 죽지 않는다. 다시 팥섬 하나를 더 포개 지질렀다. 아기는 이겨내지 못하고 마침내 억울하게 숨을 거두었다. 그날밤부터 원수봉 절벽 위로부터 난데없는 말 울음소리가 들려와 마을 사람들을 놀라게 했다. 알고 보니 장수 잃은 용마(龍馬)의 울음소리였던 것이다.

최인훈은 박천 원수봉의 전설을 갖고 「옛날 옛적에 훠어이 훠이」라는 희곡을 쓰기도 했다. 그는 아기장수 전설을 읽었을 때 그 이야기가 "벼락처럼 내 의식을 쳤다."고 했다. 그리고 그 옛날의 시간 속을 헤맸다고 한다. 그가 "그 옛날의 시간은 이전까지의 어떤 현실의 추억 못지않게 내 안에 있다기보다 내가 그 안에 있었다."고 했는데, 그것은 아기장수의 비극적 삶이 마치 동시대에 겪은 자신의 일처럼 느껴졌기 때문일 것이다. 아기장수 이야기가 수없이 유포된 것도 인간의 비극적 운명에 대한 당대적 현실감을 지니고 있기 때문이다. 이상은 '겨드랑이 밑에 돋은 날개 자국'이라는 말로 그 옛날 아기장수 전설을 일깨웠다. (여기에서 아기장수를 지켜주던 용마에도 관심을 가질 필요가 있다. 용마는 몸에는 비늘, 등에는 날개, 머리에는 두 개의 뿔을 갖고 있으며, 스핑크스와 다를 바 없는 전설의 동물이다. 용마는 등에 달린 날개를 통해 하늘을 오를 수 있다. 스핑크스가 신이나 왕을 지켜주듯 용마는 아기장수를 지켜준다.)

이러한 전설이 내 고향 영주에도 있다.

또 어느 날 송장수는 영주 문정리 앞을 흐르는 남원천이 장마로 물이 많아 상여가 건너지 못하는 것을 보고 상주와 상두꾼을 태워 두 손으로 성큼 들어 건네주었다. 그로부터 송장수의 힘이 조정에까지 알려지자 일부 간신들은 자신의 자리를 지키기 위해 모함하고 집안에서는 화를 면하려고 그를 죽이려고 애를 썼다. 송장수는 어느 날 어머니에게 농담 삼아

"아무리 나를 죽이려 해도 나는 죽지 않는다. 꼭 나를 죽이려면 겨드랑이의 잉어 비늘을 떼면 내가 죽는다."고 말했다. 간신들의 모함에 빠진 송장수의 어머니는 어느 날 아들이 잠자고 있을 때 겨드랑이 밑에 있는 잉어 비늘을 떼었더니 송장수는 큰 소리를 치고 죽었다. 그가 죽은 날부터 며칠 후 문정리 못둑에는 송장수를 태우고 하늘로 날아 올라가려던 용마가 등에 갑옷을 싣고 못둑을 돌면서 울다가 끝내는 갑옷을 이 뚜껑 바위에 넣고 뚜껑을 닫은 후 어디론가 가버렸다는 것이다.

영주 휴천동 뚜껑(일명 뚜껑) 바위 전설에는 송장수라는 아이가 등장한다. 그는 서당 마당에서 대추나무를 뽑아내고, 불어난 강물에 상여를 건네주는 등 엄청난 괴력을 지닌 아이이다. 그는 겨드랑이 밑에 비늘이 나 있었다. 이 비늘은 다른 아기장

수 전설에도 나타나는데, '겨드랑이 밑'에 달려있고, '날개 같은' 모양을 하고 있다. 아기장수에게 겨드랑이 밑에 돋은 날개(또는 비늘)는 초능력의 근원이다. 아기장수는 비상한 능력을 갖고 있어 세상을 호령할 수 있지만, 자신이 지닌 날갯죽지 때문에 오히려 억울하게 죽음을 당하고 만다. 아기장수는 그러한 능력 때문에 개인이나 시대 사회에 의해 죽어간 불우한 인간이다. 송장수는 죽어서 바위 속에 묻혔는데, 아직도 그 흔적이 남아있다는 것은 그의 비극적 죽음을 증거하는 표상물이다.

작가 이상은 어릴 때부터 "집안에 용이 났다."고 할 만큼 뛰어난 인물이었다. 그 역시 자신의 천재성을 믿었다. 그러나 그가 「오감도」를 써서 발표하자 "무슨 미친놈의 수작이냐?", "정신 이상자의 잠꼬대!"라고 하는 등 독자들의 항의가 빗발쳤다고 한다.

> 왜 미쳤다고들 그러는지 대체 우리는 남보다 수십 년씩 떨어져도 마음 놓고 지낼 작정이냐? 모르는 것은 내 재주도 모자랐겠지만 게을러빠지게 놀고만 지내던 일도 좀 뉘우쳐 보아야 아니 하느냐. 여남은 개쯤 써 보고서 시 만들 줄 안다고 잔뜩 믿고 굴러다니는 패들과는 물건이 다르다. 그 1000점에서 30점을 고르는 데 땀을 흘렸다. 31년 32년 일에서 용대가리를 떡 꺼내놓고 하도들 야단에 배암꼬랑지커녕 쥐꼬랑지도 못 달고 그만두니 서운하다.

이상은 「오감도」를 『조선중앙일보』에 연재하다 독자들의 강한 반발에 부딪혀 그만두었다. 그는 「'오감도' 작자의 말」에서 '용대가리를 떡 꺼내놓고 하도들 야단에 배암꼬랑지커녕 쥐꼬랑지도 못 달고 그만두었다'고 자신의 소회를 피력했다. 자신의 작품을 알아주지 못하고 이해해 주려고 하지 않는 사람들을 비판하면서 상대적으로 자기 작품의 우수성을 드러내고 있다. 세상 사람들의 무지로 인해 자신의 천재성이 제대로 발휘되지 못하고 꺾여버린 것이다. 그런 사회를 "호령하여도 에코가 없는 무인지경"이라고 일갈했다. 이어 발표한 소설 「지주회시」 역시 평판이 좋지 못하였다. 이상은 그러한 상황에서 「날개」를 발표했다. 그는 자신의 작품들을 제대로 이해조차 못해주는 현실에서 스스로를 불우한 천재로 여겼다. 시대 사회의 몰인식으로 인해 그의 예술가적 천재성은 '박제'가 되었던 것이다.

그러면 이상의 「날개」 마지막 부분에서 겨드랑이에 내 인공의 날개가 돋았던 자국이 가렵다고 한 것은 어떤 의미를 지니는가. '박제가 되어버린 천재'의 의미 해독을 위해 작가 이상에게 좀 더 접근해 볼 필요가 있다.

　　여기는 도모지 어느 나라인지 분간을 할 수 없다. 거기는 태고와 전승하는 판도가 있을 뿐이다. 여기는 폐허다. 「피라미드」와 같은 코가 있다. 그 구멍으로는 「유구한

것」이 드나들고 있다. 공기는 퇴색되지 않는다. 그것은
선조가 혹은 내 전신이 호흡하던 바로 그것이다. 동공에
는 창공이 응고하야 있으니 태고의 영상의 약도다. 여기
는 아모 기억도 유언되어 있지는 않다. 문자가 닳아 없어
진 석비처럼 문명의 「잡답한 것」이 귀를 그냥 지나갈 뿐
이다. 누구는 이것이 「데드마스크」(死面)라고 그랬다. 또
누구는 「데드마스크」는 도적 맞었다고도 그랬다.

죽엄은 서리와 같이 나려 있다. 풀이 말라버리듯이 수
염은 자라지 않은 채 거칠어갈 뿐이다. 그리고 천기(天氣)
모양에 따라서 입은 커다란 소리로 외우친다 – 수류(水流)
처럼.

이상은 자신의 사후 모습을 담은 「자화상(自畵像–習作)」을 썼
다. 이 작품은 「실낙원」이라는 작품 속에 들어있는 유고로 그
의 사후 『조광』(1939.2)에 발표되었다. '습작'이라는 표현으로
보건대 「위독-자상」(『조선일보』, 1936.10.9)의 초고로 보인다. 이상
은 이 작품에서 자신의 모습을 각인시키고자 했다. 어느 나라,
그 판도에는 피라미드와 같은 코가 있고, 그 구멍으로는 유구
한 세월이 흐르고 있다고 했다. 눈동자에는 푸른 하늘이 응고
하여 있는 아주 먼 옛날 영상의 약도라는 것이다. 그리고 문
명의 잡답한 것이 귀를 지나고 있다고 했다. 거대한 우주는
다시 역사와 문명을 거쳐 자신의 죽은 신체 기관들과 소통하
는데, 그것은 데드마스크라고 불린다. 이처럼 「자화상」은 이

상 자신의 죽은 모습, 곧 데드마스크를 형상화하고 있다. 데드마스크는 박제나 마찬가지이다. 화석화된 물체이지만 그러나 입은 소리를 친다. 그것은 살아있음의 증표이다. 이상은 죽어서도 사라지지 않고 그 존재를 증명하며, 끊임없이 자신의 존재를 알리기 위해 소리친다.

이상은 살아서 쓴 작품에서 느닷없이 데드마스크(death mask)를 운운했다. 그가 죽기 6개월 전 자신의 시에서 데드마스크를 언급했던 것이다. 그런데 데드마스크라면 이상의 죽음 이후 만들어지질 않았던가.

6, 7인이나 낯모를 사람들이 둘러앉은 곁에서 화가 길진섭이 석고로 상(箱)의 데드마스크를 뜨고 있다. 굳은 뒤에 석고를 벗겼더니 얼굴에 바른 기름이 모자랐던지 깎은 지 4,5일 지난 양쪽 뺨 수염이 석고에 묻어서 여남은 개나 뽑혀 나왔다. 그제야 '정녕 이상이 죽었구나……' 하는 생각이 들었다.

이상은 1937년 4월 17일(음력 3월 7일) 동경제국대학 부속병원에서 죽었다. 그가 죽은 후 그의 데드마스크가 만들어졌다. 김소운은 길진섭이 석고로 이상의 데드마스크를 뜨는 장면을 아주 생생하게 전하고 있다. 그리고 이봉구는 조우식이 이상의 데드마스크를 뜨면서 목 놓아 울었다는 소식을 전해 들었다고 했다. 김소운은 길진섭이, 이봉구는 조우식이 데드마스크를 떴다고 했는데, 두 사람 가운데 하나는 오류이겠지만, 이상의 데드마스크를 뜬 것은 분명하다. 이봉구는 동경에서 흘러 들어온 소식을 전했고, 김소운은 데드마스크를 뜨는 현장을 직접 지켜본 사람이라는 측면에서 김소운의 증언이 더 신빙성이 있어 보인다. 김소운은 "얼굴에 바른 기름이 모자랐던지 깎은 지 4, 5일 지난 수염이 석고에 묻어서 여남은 개 뽑혀 나왔다."고 하였는데, 이상의 데드마스크의 모습을 아주 생생하게 기술했다. 마치 이상의 '자화상'을 직접 보는 듯한 느낌을 준다. 그리고 「자화상」은 이상이 미래로 달려가서 자신의 데드마스크를 목도하고 쓴 것 같은 착각을 불러일으킨다. 이상은 1936년 11월에 탈고한 「종생기」에서 자신의 사망 일자를 정축년(1937년) 3월 3일로 밝혀놓았는데, 실제 그의 죽음은 그해 3월 7일(음력)로 4일밖에 차이가 나지 않는다. 그렇다면 이상은 자신의 죽음을 미리 예견했던 것인가?

오빠의 데드마스크는 동경대학 부속병원에서 유학생들이 떠놓은 것을 어떤 친구가 가져와 어머님에게까지 보인 일이 있다는데 지금 어디로 갔는지 찾을 길이 없어 아쉽기 짝이 없습니다.

이상은 「실낙원-자화상」에서 "또 누구는 「데드마스크」는 도적맞았다고도 그랬다."라고 했고, 「위독-자상」에서는 "데드마스크는 도적맞았다는 소문도 있다."고 했다. 그런데 이 말은 훗날 이상의 누이 김옥희, 그리고 그의 아내였던 변동림이 외쳤던 말이 아닌가? 김옥희는 오빠의 데드마스크가 "지금 어디로 갔는지 찾을 길이 없어 아쉽기 짝이 없습니다."라고 토로하였으며, 그의 아내였던 변동림도 "데드마스크의 행방을 모른다."고 했다. 이상의 데드마스크는 자신의 시에서 언급한 것처럼 어느 순간 종적을 감추고 말았다.

이상은 살아서 「자화상」 속에 데드마스크를 그려냈다. 어쩌면 그것은 죽은 후에도 자신의 존재를 각인시키고자 했던 이상의 자기분열, 또는 증식에의 욕망이 아니었을까? 이상 사후 데드마스크를 떴지만, 이상의 예언처럼 그의 데드마스크는 행방조차 알 수 없다. 과연 이상은 진작에 그 광경을 목도했던 것일까?

> 날개야, 다시 돋아라.
> 날자. 날자. 한 번만 더 날자꾸나.
> 한 번만 더 날아 보자꾸나.

이상은 세상을 비상하고픈 욕망을 지녔다. 그는 "날개야 다시 돋아라."고 함으로써 아기장수의 기억을 재현했다. 그것은 겨드랑이에 날갯죽지를 가졌던 아기장수, 그러한 기억을 이상이 불러낸 것이다. 또한 "날자. 날자. 한 번만 더 날자꾸나."라고 함으로써 하늘을 날아오른 이카로스의 욕망을 상기시킨다. 그것은 소설 첫 구절 "박제가 되어버린 천재"와 연결되면서 새로운 의미를 형성한다. 그는 아기장수처럼 비범한 능력을 갖고 태어났고, 그래서 자신의 능력을 자유롭게 펼치고 싶어 했다. 그러나 일제 강점기 조선, 또는 조선 문단은 그의 날개를 퇴화하도록 만들었다. 박제가 되어버린 천재는 날갯죽지를 가져서 죽은 아기장수이거나 하늘을 날아오르다가 바다에 빠져 죽은 이카로스이거나……. 이상은 "한 번만 더 날아 보자꾸나."라고 함으로써 무지하고 타락한 현실에서 탈출 또는 비상을 꿈꾸었다. 「날개」는 1930년대 일제 강점과 자본주의의 억압된 현실에서 벗어나고픈 이상의 탈출 욕망이 아니었을까?

04. 로사의 혁명 - 「낙동강」과 『화두』

최인훈은 1994년 『화두』를 냈다. 이것은 자신의 삶과 문학적 행적을 그린 작품이다. 그런데 이 작품의 제목은 왜 화두인가? 아니 그보다 먼저 이 작품이 화두로 삼은 것은 무엇인가? 작가는 소설의 실마리라고 할 수 있는 화두를 작품의 제목으로 삼았다. 그렇다면 작가에게 화두란 무엇인가? 이러한 질문을 풀기 위해 소설의 첫머리부터 살펴보기로 한다.

> 낙동강 칠백 리 길이길이 흐르는 물은 이곳에 이르러 곁가지 강물을 한몸에 뭉쳐서 바다로 향하여 나간다. 강을 따라 바둑판 같은 들이 바다를 향하여 아득하게 열려 있고 그 넓은 들 품안에는 무덤무덤의 마을이 여기저기 안겨 있다.
> 이 강과 이 들과 저기에 사는 인간 - 강은 길이길이 흘렀으며, 인간도 길이길이 살아왔었다. 이 강과 이 인간, 지금 그는 서로 영원히 떨어지지 않으면 아니 될 것인가?

소설의 맨 앞에 작가는 뜬금없이 조명희(1894~1938)의 「낙동강」을 제시하였다. 그렇다면 이 소설의 화두는 「낙동강」 내지 조명희와 관련이 있다는 것이다. 조명희의 「낙동강」은 1927년 『조선문단』에 발표된 작품이다. 이 작품은 발표 당시

소설가 조명희(1894~1938)

검열로 인해 적지 않은 글자가 복자 처리되어 있다. (그런데 다행하게도 소련과학원동방출판사에서 간행된 『조명희선집』(1959)에는 그러한 부분들이 복원되어 있어 보다 완전한 판본을 확인할 수 있다.) 이 작품은 발표와 더불어 평단 및 세간에 주목을 받았다.

특히 이 작품은 프로문학에서 '목적의식기'를 이끈 작품으로 높이 평가되었다. 그러한 평가를 받게 된 데에는 이 작품이 자연발생기적인 개인적 분노와 반항을 넘어 착취와 불평등을 사회의 구조적인 문제로 인식하고 대응하려 했다는 점이다. 단순히 경제적 불평등이라는 문제를 제기한 것에 그치지 않고 정치적 실천을 제시했다는 점에서 의미가 있다. 무엇보다 이 작품이 감동을 주는 것은 바로 대미의 장식일 것이다.

병든 성운을 둘러싼 일행이 낙동강을 건너 어둠을 뚫고 건넌마을로 향하여 가던 며칠 뒤 낮결이었다. 갈 때보다도 더 몇 배 긴 행렬이 마을 어귀에서부터 강 언덕을 향하고 뻗쳐 나온다. 수많은 깃발이 날린다. 양렬로 늘어선 사람의 손에는 긴 외올 벳자락이 잡혀 있다. 맨 앞에선 검정테 두른 기폭에는 '고 박성운 동무의 영구'라고

써 있다.

그 다음에는 가지각색의 기다. 무슨 '동맹', 무슨 '회', 무슨 '조합', 무슨 '사', 각 단체 연합장임을 알 수 있다. 또 그 다음에는 수많은 만장이다.

…(중략)…

이루 다 셀 수가 없다. 그 가운데에는 긴 시구같이 이렇게 벌여서 쓴 것도 있었다.

'그대는 평시에 날더러, 너는 최하층에서 터져 나오는 폭발탄이 되라, 하였나이다. 옳소이다. 나는 폭발탄이 되겠나이다.

그대는 죽을 때에도 날더러, 너는 참으로 폭발탄이 되라, 하였나이다.

옳소이다. 나는 폭발탄이 되겠나이다.'

이것은 묻지 않아도 로사의 만장임을 알 수 있었다.

「낙동강」에서 박성운은 농업학교를 마치고 군청 농업조수를 하였지만, 3.1운동으로 1년 반 옥고를 치른다. 이후 고향을 등지고 북간도 노령 북경 상해 등지를 떠돌다가 귀국한다. 그리고 이 땅의 해방을 위해 투쟁에 나선다. 그는 야학을 열어 농민을 교육하고 소작조합을 만들어 동척의 횡포에 과감히 맞서 싸웠다. 그는 일본인이 국유지를 그들의 소유로 하자 이에 맞서 싸우다가 일본 경찰에 잡혀가 가혹한 고문을 당하고 그로 인해 병을 얻어 방면된다. 그러나 그 여독으로 인해 죽음을 맞는다. 박성운의 운구 행렬에 수많은 사람들이 와서 그의 죽음을 통한해 하며, 그의 못다 이룬 꿈을 이어가려고 한다. 특히 박성운의 애인이었던 로사는 죽은 박성운에게 '나는 폭발탄이 되겠나이다!'라고 다짐한다. 비록 박성운은 죽었지만 로사를 통해 박성운의 꿈은 실현의 기회를 얻게 된다.

　　이해의 첫눈이 푸뜩푸뜩 날리는 어느 날 늦은 아침, 구포역(龜浦驛)에서 차가 떠나서 북으로 움직여 나갈 때이다. 기차가 들녘을 다 지나갈 때까지, 객차 안 들창으로 하염없이 바깥을 내다보고 앉은 여성이 하나 있었다. 그는 로사이다. 아마 그는 돌아간 애인의 밟던 길을 자기도 한번 밟아 보려는 뜻인가 보다. 그러나 필경에는 그도 멀지 않아서 다시 잊지 못할 이 땅으로 돌아올 날이 있겠지.

　로사는 박성운의 장례를 마치고 기차를 타고 북으로 떠난다. 여기에서 북으로 떠난다는 것은 단순히 방향만을 의미하지는 않는다. 그것은 '애인이 밟던 길을 자기도 한번 밟아보려는 뜻'이라는 데 있다. 박성운은 만주 소련 중국 등을 다니며 민족주의자에서 사회주의자로 거듭나며 혁명을 이루기 위해 노력했다. 그런 점에서 로사 역시 사회주의를 제대로 배우기 위해, 그리고 사회주의 혁명가가 되기 위해 북(궁극적으로 소련)으로 향한 것이다. 이러한 그의 행보를 설명해주는 언표로써 사회주의 혁명가 로자 룩셈부르크(Rosa Luxemburg, 1871~1919)가 있다. 로사는 바로 로자 룩셈부르크의 이름에서 따온 것이다.

로자 룩셈부르크는 폴란드에서 태어났으며, 폴란드사회민주당, 스파르타쿠스단, 독일공산당 조직에 핵심적 역할을 하였다. 그녀는 사회주의 혁명을 위해 애쓰다가 러시아정부와 독일정부에 의해 몇 차례 구금되어 징역을 살기도 했다. 그녀는 1919년 독일공산당을 창당하고 혁명을 기도하였으나 실패하고 독일 우파 민병조직원, 이른바 의용군에 체포되어 살해되었다. 그녀는 자유와 평등의 사회를 꿈꾼 여성혁명가였다.

로사가 북행을 감행한 것은 로사의 만장이 말로 끝나는 것이 아니라 실천하고 행동하는 모습을 보여주는 것이며, 이를 통해 전망을 보여준다. 로사는 조선의 로자 룩셈부르크가 되려고 북행을 감행했던 것이다. 조명희는 당시 일제 강점으로 인한 식민지 조선에서 로자 룩셈부르크와 같은 혁명가를 꿈꾸었다.

그러므로 조명희의 소련행은 로사의 북행과 밀접한 관련이 있다. 그는 「낙동강」을 발표한 이듬해 연해주로 망명한다. 「낙동강」에서 로사가 혁명의 완성을 위해 북행을 감행했듯, 조명희는 당시 사회주의 혁명을 성공적으로 이룬 사회주의 종주국 소련으로 갔다. 그는 작품으로만 혁명을 말하지 않고 현실에서 혁명을 직접 실현하기 위해 소련행을 택했던 것이다. 조명희에게 사회주의 혁명가 로자 룩셈부르크는 자신이 추구해야 할 대상이었다. 그녀는 탁월한 이론가이자 불굴의 실천주의자였다. 조명희로 보면 「낙동강」은 하나의 출사표나 다름없다. 조명희는 로사를 통해 로자 룩셈부르크를 화두로 제시한 것이다.

그런데 최인훈은 『화두』에서 고등학교 1년 시절에 배운 「낙동강」을 화두로 제시했다. 그의 과거를 파노라마처럼 재현하고 있는, 기억의 현상학이라는 창작방법을 동원하고 있는 이 소설은 원체험으로서 「낙동강」 수업이 자리해 있다. 왜 하필 낙동강인가? 그것이 조명희와 직접적으로 관련이 됨은 당시의 사정에서 여실하다.

신문에 따르면 이 사실은 소련에 살고 있는 작가의 딸에 의해 확인되었다고 한다. 그녀는 아버지의 사망신고서를 하바로프스크 시 안전위원회에서 찾아냈는데 <조명희는 일본을 위한 간첩행위를 하는 자들을 협력한 죄로 헌법 제58조에 따라 취조와 재판없이 최고형 사형선고를 받았다>고 선고돼 있다고 한다. 이 기사는 이어 그 동안에도 조명희가 1942년 2월 20일 <급성 결체조직염>으로 사망한 것으로 알려져 있었다고 쓰면서 이런 사실들이 소련 카자흐스탄 공화국 수도인 알마타 시에서 발간되는 ≪레닌기치≫라는 신문에 보도되었다고 전한다.

『화두』에는 조명희의 어이없는 죽음이 나타나 있다. 최인훈은 1990년 5월 1일자 『동아일보』에서 조명희의 사망 기사를 보았다. 최인훈에게 조명희는 「낙동강」을 쓰고 사회주의의 완성을 위해 북으로 떠났던 혁명을 꿈꾼 망명 작가였다. 그런데 생사조차 제대로 몰랐던 조명희가 소련 당국에 체포되어 사형선고를 받고 총살되었다는 사실을 알고 최인훈은 충격에 빠진다. 최인훈이 조명희에게 특별히 관심을 가졌던 것은 그 역시 망명 작가였다는 사실이다.

　망명 가운데서 지금 말하는 전문직으로서의 문학자라고 분류할 만한 사람이 누굴까. 가령 신채호. 그는 학자요, 언론인이요, 소설도 지었으니 그를 언론인이자 작가라고 할까? 언론인, 학자임에는 틀림없지만, 그를 문학자라 하기에는 그 이외의 자격이 차지하는 비중이 너무 크다. 신채호는 그렇다 치고 그밖의 경우는 신채호처럼 정의하기에 망설여야 할 사람은 생각나지 않는다. 국내에서 이미 신분이 뚜렷이 문학자였다가 망명한 사람은 포석 조명희, 김사량, 김태준 세 사람뿐인데, 김사량과 김태준은 해방 직전에 중국 공산군 지역으로 갔고 해방 후 귀국하여 한 사람은 남쪽에서 처형되고, 다른 쪽은 북한에서 활동하다가 6·25전쟁 때 행방불명된 사람이다. 조명희에게는 분단조국에서의 생활 부분이 없기 때문에 순수하게 식민지 시대의 저항자의 경력으로 역사에 남게 되었다.

　　최인훈은 망명 작가로 신채호와 조명희, 김사량, 김태준을 떠올렸다. 신채호는 일제 경찰에 붙잡혀 여순 감옥에서 옥사했고, 김사량은 중국에서 조선의용대 기자로 활동하다가 해방 후 북한으로 가서 6·25전쟁 중 행방불명이 되었다. 김태준 역시 중국 연안에 가서 조선공산당 재건을 위해 노력하였으며, 해방 후 귀국하여 1950년 6월 서울 수색에서 처형되었다. 최인훈은 신채호, 조명희, 김사량 등을 모두 '훌륭한 소설가'로 규정했다. 그런데 신채호와 김사량에 대해서는 진작에 그들의 종말에 대해서 알았지만, 소련으로 떠났던 조명희에 대해서는 제대로 알지 못했다. 혁명의 완수를 위해 떠났던 조명희의 비참한 종말을 접한 그의 심정은 어떠하였을까?

　　조명희는 식민지하 답답한 현실을 벗어나 소련으로 망명했다. 최인훈에게 조명희는 "전통적 정신 형성과정인 자아의 탐구와 우주론적 허무주의를 거쳐, 마침내 화두의 매듭을 사회 혁명에서 찾고, 그 철저한 실천을 위해 세계 혁명의 요새로 찾아간 것"이었다. 그러나 「낙동강」의 마지막 구절처럼 "필경에는 그도 멀지 않아서 다시 잊지 못할 이 땅으로 돌아올 날이 있겠지."라고 기대했던 것이다.

　　1938년 4월 15일 사형이 선고되었고 5월 11일 밤 11시에 총살됐다⋯(중략)⋯기록에 없다. 태워버렸던 모양이다, 당시 4만 명이 체포됐고 2만 명이 처형됐다. 이 중 한인이 3천 명쯤 된다.

　포석 조명희의 사진 제시, 머리 깎은 수척한 사진, 입
가에 초췌한 엷은 수염, 앞, 옆 촬영 2장, 수인번호
1338-16.

　조명희는 해방과 분단의 상황에서 막연히 '해방 전에 망명
지인 소련에서 사망'했을 것으로 알려져 있었다. 심지어 그는
"1942년 2월 20일 <급성 결체조직염>으로 사망"한 것으로 잘
못 알려지기도 했다. 그런데 조명희가 일본의 간첩 활동에 협
력했다는 죄목으로 제대로 된 재판도 없이 처형되었다는 사
실이 알려진 것이다. 그 자신이 꿈꾸었던 혁명가 로자 룩셈부
르크가 사회주의 혁명에 실패하고 우파 민병조직원들에게 붙
잡혀 비운의 생을 마감한 것처럼, 그도 공산 혁명의 실현을 꿈
꾸다가 소련 당국에 체포되어 살해당한 것이다. 그리고 1991년
12월 16일 SBS TV방송에서 「카레이츠의 딸」이 방영된다. 그
것은 조명희의 딸 조선아가 1937년 소련 비밀경찰에 의해 체
포되었다가 실종된 아버지 조명희의 행적을 찾아가는 내용이
었다. 거기에서 조명희는 1938년 5월 11일 밤 11시에 총살되
었으며, 조명희와 함께 죽은 조선인이 3천 명에 이른다는 사
실도 함께 드러났다.

　강제 이주에 대한 소련 정부와 공산당의 결정이 실천

되기 전야에, 즉 1937년 8월부터 조선족 인텔리들의 검거와 대학살이 시작되었다. 소련 내무인민위원회는 연해주에서 조선족의 강제 이주를 앞두고 2천 8백 명의 조선족 인텔리들을 체포하여 예심도, 재판도 없이 무차별 총살해버렸다. 이렇게 총살된 인텔리 가운데 나의 부친도 들어있었다. 나는 지금도 부친의 묘소를 모르고 있다. 수천 명을 합장해 버렸다고들 하였다. 이렇게 소련 정부와 공산당은 우리의 마음속에 들어 있던 공산주의 신념, 레닌에 대한 존경까지도 조선족 인텔리들과 함께 총살해버렸다.

한편 정상진은 1937년 8월부터 조선족 인텔리에 대한 검거와 대학살이 있었으며, 연해주에서 조선족 강제 이주를 앞두고 2천 8백 명의 조선족이 예심도 재판 절차도 없이 무차별 총살되었다고 증언했다. 그때 정상진의 아버지도 총살이 되었고, 조명희도 총살되었던 것이다. 연해주 지역에서 3천 명에 가까운 조선족 인텔리가 총살을 당했을 뿐만 아니라 1937~1938년 강제 이주 첫해 동안 토질병과 추위 등으로 2~3만 명에 이르는 우리 동포가 죽었다고 한다.

조명희는 혁명을 위해 소련으로 갔다가 일제의 스파이 협력자로 몰려 비운의 생을 마감했다. 그것은 정말 어이없는 죽음이었다. 그래서 최인훈은 놀라움과 망연자실함을 느낄 수밖에 없었을 것이다. 게다가 무수한 지식인들이 총살되고

질병과 추위, 배고픔으로 아사한 망명 이민들의 이야기를 들으면서 최인훈이 겪었을 비애와 울분은 충분히 짐작하고도 남는다.

그리고 한국에서 이곳으로 옮긴 것을 결국 잘했다고 생각한다. 내 처지로는 최선의 선택이었다고 생각한다고 말씀하셨다. 남보다 잘 했다는 것이 아니라 우리 같은 처지-북에서 남으로 왔다는 사정에서 보면 그렇다는 말씀이었다. 만일 다시 전쟁이 난다면, 그리고 6·25 때처럼 밀고 밀리는 장면이 벌어질 때 남쪽으로 온 사람들을 북쪽 군대가 가만두겠느냐. 우리 처지가 특별한 것이니 우리가 알아서 자기를 지켜야 할 것이 아니냐.

월남한 최인훈이 미국에 건너갔을 때 아버지로부터 "여기《미국 : 인용자》서 살면서 무엇이든 쓰면 되지 않겠는가?"라는 말을 듣는데, 그것은 최인훈에게 새 화두였다고 했다. 회령에서 원산으로, 다시 남한으로 온 것이 최선의 선택이었다고 판단하는 아버지가 한국 정세의 불안정과 전쟁의 발발 가능성을 들어 미국에 정착하는 것이 어떠냐는 것이었다. 그것을 최인훈은 "참으로 엄청난 화두였다."고 말했다. "6·25 때처럼 밀고 밀리는 장면이 벌어질 때 남쪽으로 온 사람들을 북쪽 군대가 가만두겠느냐?"라는 것, 그러니 우리의 특별한 처지를 알고

'우리가 알아서 자기를 지켜야' 한다는 것이다. 최인훈은 망명 지식인이 겪었던 비애와 울분을 신채호로부터, 김사량으로부터, 조명희로부터 여실히 보았다. 그는 그들 모두 '훌륭한 소설가'였지만 "그들에게는 자기 글을 다듬을 충분한 시간이 주어지지 않았다."고 했다. 그들이 일제 강점이라는 시대사적 불행으로 인해 망명을 택했지만, "문학만이 문제가 아닌 그 사실(일제 강점: 인용자)과 현실적으로 싸워야 했기 때문에 글속에서 한없이 가능성을 탐구"할 수 없었다는 것이다.

최인훈 역시 망명 작가나 마찬가지였기에 그들을 보다 잘 이해했을 것이다. 그는 대담에서 "100~200장 정도 남았을 때 상당히 무서운 생각이 들었"다고 했다. 그것은 "불의의 사고로 마지막 장을 내 손으로 태깔을 내지 못할 것 같은 공포, 사람이라는 게 이 정도의 거구나, 생생한 공포를 느꼈"(『상상』, 1994.6)다는 것이다. 최인훈은 문학뿐만 아니라 이데올로기적 장벽과도 싸워야 했다. 그의 공포는 단순히 불의의 사고에 그치는 것이 아니라 자신의 과거 기억을 풀어놓는 데 대한 불안도 적잖이 작용했을 것이다. 그는 『광장』을 '빛나는 4월'(4·19혁명) 덕분에 발표할 수 있었지만, 이후 많은 고통을 겪어야 했다. 분단 현실에서 남한에서든 미국에서든 그의 삶은 주인으로서의 삶이라기보다 노예로서의 삶이었다. 그런데 1990년대 들어 사회주의 붕괴로 인한 탈냉전과 이념 와해라는 시대적 상황을 맞이하게 된다. 그러나 그에게는 여전히 분단된 현실에서 이념으로 인한 공포와 불안이 남아있었다. 그는 공포를 느끼면서도 그것을 그려낼, 그리고 주체로서 맞설 용기가 필요했다. 그는 화두를 통해 글을 씀으로써 기억을 풀어낼 수 있었고, 그렇게 함으로써 자신을 찾아갔다.

기억의 밀림 속에 옳은 맥락을 찾아내어 그 맥락이 기억들 사이에 옳은 연대를 만들어내게 함으로써만 나는 나 자신의 주인이 될 수 있겠다. 그 맥락, 그것이 <나>다. 주인이 된 나다.

최인훈이 『화두』에서 추구한 것은 이 부분에서 분명히 드러난다. 바로 망명인으로서의 삶, 노예로서의 삶에서 벗어나 주인으로서의 삶, 주체로서의 삶을 찾는 것이다. 그가 『화두』의 마지막 부분에서 언급한 "나는 나 자신의 주인이 될 수 있겠다."는 말은 그런 의미에서 매우 의미심장하다. 껍데기로서의 삶, 항상 방황하고 눈치 볼 수밖에 없는 객으로서의 삶이 아니라 자신의 삶에 진정한 주인이 된 삶, 곧 주체적인 삶을 마침내 실현한 것이다. 그것은 단재의 말처럼 껍질과 거짓으로서의 나가 아닌 "정신과 영혼으로 된 참 나"의 실현이다. 냉전의 시대, 이데올로기의 시대가 화해와 탈이데올로기의 다원화 시대로 변화되면서 모든 문학자들이 나름의 철학과 문학 논리를 찾을 때, 최인훈은 화두를 꺼냈다. 그는 조명희를 통해서 노예의 비참함을 다시 인식하였고, 단재처럼 주체적 삶의 중요성을 새삼 인식했다. 『화두』는 기억과 회상을 통해 참된 주체를 찾아가는 여정을 보여준다. 최인훈은 단재와 조명희 등을 통해 노예와 같은 자신에 대한 의식 혁명을 추구하여 마침내 참된 주체에 이르게 된다.

05. 굴뚝청소부의 얼굴 - 『난장이가 쏘아올린 작은 공』과 『탈무드』

조세희는 1970년대 우리의 산업화 현실을 배경으로 『난장이가 쏘아올린 작은 공』이라는 독특한 소설을 썼다. 그런데이 소설의 첫머리에는 흥미롭게도 굴뚝청소부의 이야기가 자리하고 있다. 그러면 그 이야기를 따라가면서 살펴보자.

> 두 아이가 굴뚝 청소를 했다. 한 아이는 얼굴이 새까맣게 되어 내려왔고, 또 한 아이는 그을음을 전혀 묻히지 않은 깨끗한 얼굴로 내려왔다. 제군은 어느 쪽의 아이가 얼굴을 씻을 것이라고 생각하는가?

이것은 『난장이가 쏘아올린 작은 공』의 화두인 셈이다. 두 아이가 굴뚝 청소를 했고, 그 가운데 한 아이는 더러운 얼굴로, 또 다른 아이는 깨끗한 얼굴로 내려왔다고 했다. 그러면 누가 얼굴을 씻을 것인가?

> 학생들은 교단 위에 서 있는 교사를 바라보았다. 아무도 얼른 대답을 하지 못했다.
> 잠시 후에 한 학생이 일어섰다.
> 얼굴이 더러운 아이가 얼굴을 씻을 것입니다.

대답은 간단하다. 학생들은 당연히 더러운 아이가 씻는다고 한다. 왜? 더러우니까. 씻는다는 것은 무언가 더러운 것이 있다는 것이고, 그러므로 우리는 더러운 것을 씻어낸다. 학생들은 문제도 되지 않는 질문에 간단히 답한다. 그들의 답은 명료하다. 수학시간에 수학 선생이 수업을 하지 않고 엉뚱한 이야기를 한 셈이다. 왜 작가는 뜬금없이 이러한 질문을 던졌는가? 화두는 왜? 라는 물음이다. 그리고 그것을 찾아가는 행위이다.

> 그런데, 그렇지가 않다.
> 교사가 말했다.
> 왜 그렇습니까?
> 다른 학생이 물었다.
> 교사는 말했다.
> 한 아이는 깨끗한 얼굴, 한 아이는 더러운 얼굴을 하고 굴뚝에서 내려왔다. 얼굴이 더러운 아이는 깨끗한 얼굴의 아이를 보고 자기도 깨끗하다고 생각한다. 이와 반대로 깨끗한 얼굴을 한 아이는 상대방의 더러운 얼굴을 보고 자기도 더럽다고 생각할 것이다.

그러나 교사는 그것이 답이 아니라고 한다. 곧 더러운 아이가 더러운 얼굴을 씻을 것이라는 학생들의 전제를 부정한 것이다. 그러자 학생들은 당연히 묻는다. 왜 그렇습니까? 사실이 말에는 그렇지 않지 않습니까? 라는 항변이 깔려 있다. 두 사람 가운데 한 사람이 얼굴을 씻는다면 당연히 더러운 아이일 것인데, 그렇지 않다면 깨끗한 아이가 씻느냐는 말입니까? 그러자 교사는 대답을 한다. 깨끗한 아이가 얼굴을 씻을 것이라고. 그러면 아이들은 말할 것이다. 그런 궤변이 어디 있느냐고? 그러나 교사는 학생들의 질문에 에둘러 답변한다. 얼굴이 깨끗한 아이는 얼굴이 더러운 아이를 보고 자신의 얼굴도 더러울 것이라 생각하며, 반대로 더러운 아이는 깨끗한 얼굴의 아이를 보고 자신도 깨끗할 것이라 생각한다는 것이다. 그러므로 깨끗한 아이가 씻을 거라는 말이다. 이러한 대답에 아이들은 놀란다. 미처 생각지 못했기 때문이다. 사실 많은 학생들은 자신이 타자를 통해서 인식한다는 사실을 잘 모르고 있다. 교사는 학생들의 정곡을 찌른 것이다. 그래서 학생들은 놀란다.

한 번만 더 묻겠다.
교사가 말했다.
두 아이가 굴뚝 청소를 했다. 한 아이는 얼굴이 새까맣게 되어 내려왔고, 또 한 아이는 그을음을 전혀 묻히지 않은 깨끗한 얼굴로 내려왔다. 제군은 어느 쪽의 아이가 얼굴을 씻을 것이라고 생각하는가?
똑같은 질문이었다. 이번에는 한 학생이 얼른 일어나

대답했다.

저희들은 답을 알고 있습니다. 얼굴이 깨끗한 아이가 얼굴을 씻을 것입니다.

학생들은 교사의 말을 기다렸다.

교사는 말했다.

그 답은 틀렸다.

왜 그렇습니까?

다시 교사는 학생들에게 질문을 던진다. 그 질문의 내용은 똑같다. 두 아이가 청소를 했고 한 아이는 깨끗하게, 한 아이는 더러운 얼굴로 내려왔다. 누가 씻을 것인가? 아이들은 답을 알고 있다. 교사가 이미 답을 말해주었기 때문이다. 여기에서 교사와 학생이라는 사제관계가 단순히 지식의 전달 관계로서 기능함을 보여준다. 학생은 교사의 답을 정답으로 인식하고 교사의 말을 진리로 받아들인다. 그래서 학생은 망설이지 않고 답한다. 깨끗한 아이가 씻을 것이라고. 학생이 말하는 것은 이미 상식의 범주에 속해 있다. 그러나 교사는 틀렸다고 답한다. 학생들은 왜 그렇습니까? 하고 묻는다. 그것은 항의 그 이상이다. 방금 그렇게 답을 가르쳐 주었는데 도대체 무슨 말입니까?

더 이상의 질문을 받지 않을 테니까 잘 들어 주기 바

란다. 두 아이는 함께 똑같은 굴뚝을 청소했다. 따라서 한 아이의 얼굴이 깨끗한데 다른 한 아이의 얼굴은 더럽다는 일은 있을 수가 없다.

그러자 교사는 다시 말한다. 똑같은 굴뚝을 청소했는데 하나는 더럽게, 또 다른 하나는 깨끗하게 내려오는 것은 있을 수 없다고 말이다. 이야기는 여기서 끝난다. 질문 자체가 전제를 잘못하였기에 문제로서 성립되지 않는다는 것이다. 질문이 성립되지 않으니까 답이 존재할 수 없다. 그런데도 답을 찾는 것은 무의미하다. 사실 학생들은 문제 자체를 문제 삼지 않는다. 그것은 이미 문제로서 존재하는 것이고, 단지 답에 대해서만 생각하고 의심할 뿐이다. 교사의 답은 그러한 전제를 무너뜨린다. 그렇다면 무엇이 답이란 말인가? 아이들은 물을 것이다. 답은 없다는 것이다. 아니 다시 말하면, 답은 어디에나 있다. 더러운 아이가 씻을 수도 있고, 깨끗한 아이가 씻을 수도 있고, 아니면 누가 씻느냐는 것 자체가 문제가 되지 않는다는 것이 답일 수 있다.

그런데 이 이야기는 어디서 많이 본 듯한 이야기가 아닌가? 마빈 토케어(Marvin Tokayer)는 『탈무드』의 서문에서 아래와 같이 썼다.

어떤 사람이 유대인을 연구하겠다고 어느 날 랍비 집

의 문을 두드렸다. 그런데 랍비는

"그대는 <탈무드>를 공부하고 싶다지만, 아직 <탈무드>를 펼 자격이 없다."고 했다. 그러나 찾아온 사람은

"저는 <탈무드> 공부를 시작하고 싶습니다." 하고 끈덕지게 졸라댔다. 그리고

"제게 그 자격이 있는지 없는지 시험해보지 않으면 모를 것이므로 부디 시험을 해주십시오." 하고 말했다. 랍비는 간단한 시험을 하나 해보자 하고 문제를 냈다.

"두 사내아이가 집의 굴뚝을 소제했다. 한 아이는 얼굴이 새까맣게 되어 굴뚝에서 내려왔고, 또 한 아이는 그을음을 전혀 묻히지 않은 깨끗한 얼굴로 내려왔다. 당신은 어느 사내아이가 얼굴을 씻을 것이라고 생각하는가?"

그는 "얼굴이 더러운 사내아이가 얼굴을 씻을 것입니다."라고 대답했다. 그러나 랍비가 냉정하게

"그러므로 당신은 아직 <탈무드>를 읽을 자격이 없다."고 했다. 그는

"그 답은 무엇입니까?" 하고 묻자 랍비는

"당신이 만일 <탈무드>를 공부한다면 이런 답을 낼 것이다." 하며 다음과 같이 말했다.

"두 사내아이는 굴뚝을 소제하고, 하나는 깨끗한 얼굴로 하나는 더러운 얼굴을 하고 내려왔다. 얼굴이 더러운 사내아이는 깨끗한 얼굴의 사내아이를 보고 자기 얼굴은 깨끗하다고 생각한다. 말쑥한 얼굴을 한 사내아이는 상대편의 더러운 사내아이의 얼굴을 보고 자기 얼굴도 더럽

다고 생각할 것이다."

그러자 그는 별안간

"네에 알았습니다." 하고 외치며,

"다시 한 번 시험해주십시오." 했다.

랍비는 다시 질문을 했다.

"두 아이가 굴뚝을 소제하고 하나는 깨끗한 얼굴로, 하나는 더러운 얼굴로 내려왔다. 도대체 어느 쪽의 아이가 얼굴을 씻을 것이라고 생각하는가?"

"그것은 물론 깨끗한 얼굴을 한 사내아이가 얼굴을 씻지요."라고 그는 대답했다.

그러자 랍비는 또 다시 냉정하게 말했다.

"당신은 아직도 <탈무드>를 공부할 자격이 없소."

그는 매우 실망하며 물었다.

"그러면 도대체 <탈무드>에서는 뭐라고 말합니까?"

랍비가 대답했다.

"두 사내아이가 굴뚝을 소제하고 있었다면 같은 굴뚝을 소제하고 있었겠는데 한 사내아이의 얼굴은 깨끗하고 다른 사내아이의 얼굴은 더러웠다는 것은 있을 수 없다."

이것이 바로 '지혜의 서'로 알려진 『탈무드』의 서문이 아니던가? '어떤 사람'이 『탈무드』를 배우고 싶다고 랍비를 찾아왔다. 랍비는 그에게 『탈무드』를 공부할 자격이 없다고 말하자, 그는 자격이 있는지 없는지 시험해 달라고 한다. 랍비는 두 아이가 굴뚝 청소를 하여 하나는 더러운 얼굴로 다른 하나는 깨끗한 얼굴로 내려왔는데 누가 씻을 것인가 묻는다. 그가 '더러운 아이가 씻을 것'이라 말하자 랍비는 '탈무드를 읽을 자격이 없다'고 말한다. 『탈무드』를 공부한다면 얼굴이 깨끗한 아이는 더러운 아이를 보고 자신이 더러울 것으로 생각하고, 반대로 더러운 아이는 깨끗한 아이를 보고 자신도 깨끗하리라 생각한다는 것이다. 『탈무드』를 배울 자격은 바로 '깨끗한 아이가 씻을 것'이라고 답하는 사람에게 있다는 것이다. 그러자 답을 알게 된 그는 다시 시험해 달라고 한다. 그래서 랍비는 똑같은 질문을 한다. 질문이 같다면 답도 같다는 것이 상식이자 진리이다. 그는 랍비의 질문에 기다리기라도 했다는 듯이 '깨끗한 사람이 씻을 것'이라고 대답한다. 그러자 랍비는 또 다시 '탈무드를 공부할 자격이 없다'고 한다. 그것은 맞다, 틀리다의 문제가 아니다. 같은 굴뚝을 청소했는데 하나는 깨끗하고, 다른 하나는 더럽다는 것이 있을 수 없다는 것이다. 곧 질문의 전제가 잘못되었으므로 문제가 성립되지 않는다는 것이다.

그렇다면 『탈무드』를 공부할 자격은 어떤 사람에게 있는가? 먼저 더러운 아이와 깨끗한 아이 둘 가운데 누가 씻을 것인가? 라는 첫 번째 질문에 깨끗한 아이가 씻을 것이라는 대답을 한 사람이다. 그것은 더러운 사람이 씻어야 한다는 상식을 깬 사람이다. 게다가 사람들은 타자를 통해서 자신을 인식한다는 주체 형성의 개념도 어느 정도 간파한 사람이다. 다음으로는 똑같은 질문에 답이 없다고 말할 줄 아는 사람이다. 왜? 그것은 문제가 성립되지 않으므로 답 또한 있을 수 없다는 말이다. 그렇다면 『탈무드』의 이 같은 해답은 무엇을 의미하는가? 『탈무드』는 이미 알려진 지식을 거부함을 뜻한다. 랍비의 말은 발화와 동시에 이미 알고 있는 지식의 범주로 물러나 버린다. 그리고 그것은 랍비의 답일망정 '어떤 사람'의 답은 아니다. 랍비는 상식을 요구하지 않는다. 그렇다면 새로운 답이 필요하다. 랍비는 이제까지 발화되지 않은 것이면서, 동시에 스스로 고안해낸 답을 원한다. 여기에서 다른 가정이나 전제는 버리자. 이를테면 어떤 사람이 처음부터 깨끗한 아이가 씻을 것이라고 했으면 『탈무드』를 배울 자격이 있는 사람으로 받아들였을 것인지, 아니면 두 번째 질문에 그것은 문제가 성립되지 않는다고 말했다면 받아들였을 것인지, 또 애초부터 그 질문에 답이 없다거나 문제가 성립되지 않는다고 했다면 거절했을 것인지, 아니면 또 다른 질문을 던졌을 것인지 하는 것 등 말이다.

왜? 그것은 이미 랍비의 설명을 통해서 제시되었기 때문이다. 랍비는 두 가지 사유 방식을 제시했다. 하나는 상식을 거부하는 것이다. 깨끗한 아이와 더러운 아이 가운데 깨끗한 아이가 씻는다는 것은 더러운 아이가 씻는다는 상식을 깬 것이다. 그런가 하면, 두 번째의 답을 통해서 랍비는 상식을 내세우고 있다. 같은 굴뚝을 청소했으니, 하나는 더럽고 하나는 깨끗할 수 없다는 것이다. 그렇다면 『탈무드』는 무엇을 말해 주는 것인가? 상식을 깰 것과 상식에서 바라볼 것이다. 먼저 더러운 아이가 씻지 않고 깨끗한 아이가 씻는다는 것은 상식에 위배되며, 또한 같은 굴뚝을 청소했는데 하나는 깨끗하고, 하나는 더럽다는 것 역시 상식에 위배된다. 전자는 상식을 부정하지만, 후자는 상식을 통해 문제를 부정한 것이다. 상식 부정, 상식 추구로 이어지는 과정에서 또 하나의 새로운 가능성이 드러난다. 그것은 문제가 성립되지 않더라도 답은 성립될 수 있다는 것. 곧 답이 없다는 것이 아니라 둘 다 씻는다는 것이다. 굴뚝을 청소했는데 누가 씻을 것인가? 하는 것은 문제가 되지 않는다. 두 사람이 굴뚝 청소를 했으면 더러움의 유무를 떠나 당연히 두 사람 모두 씻는다.

그렇다면 이제 다시 『탈무드』로 돌아가자. 우리는 더 이상 『탈무드』를 공부할 자격이 없다. 왜냐하면 우리는 굴뚝을 청소한 두 아이 가운데 누가 씻을 것인가 하는 질문에 '깨끗한 아이'가 씻을 것이라고 이야기를 해도, 아니면 같은 굴뚝을 청소했는데 한 아이는 깨끗하고, 한 아이는 더러울 수 없다고 답을 해도 『탈무드』를 배울 자격이 없다. 왜? 랍비가 이미 그렇게 대답했기 때문이다. 랍비로부터 배운 답을 그대로 말한 사람은 랍비로부터 배움을 거절당하지 않았던가? 그것이 상식이 된 이후에는 더 이상 수수께끼로서의 의미를 상실하고 만다.

더 이상 새롭지도 않으며, 또한 랍비의 대답일 뿐 자신의 대답이 아니기 때문이다. 여기에서 『탈무드』는 다시 자신만의 답을 요구하고 있다. 그것은 상식을 거부하면서도 상식 위에 있는 것이라야 한다. 그리고 무엇보다 새로운 것이라야 한다.

다시 『난장이가 쏘아올린 작은 공』으로 돌아가 보자. 조세희는 『탈무드』의 화두를 자기 소설의 화두로 가져왔다. 그리고 스핑크스의 수수께끼에서 보듯 그는 또 다른 화두를 내세우고 있다. 그것은 무엇인가?

> 끝으로 내부와 외부가 따로 없는 입체는 없는지 생각해 보자. 내부와 외부를 경계 지을 수 없는 입체, 즉 뫼비우스의 입체를 상상해보라. 우주는 무한하고 끝이 없어 내부와 외부를 구분할 수 없을 것 같다. 간단한 뫼비우스의 띠에 많은 진리가 숨어 있는 것이다. 내가 마지막 시간에 왜 굴뚝 이야기나 하고, 띠 이야기나 하는지 제군은 생각해 주리라 믿는다.

이것은 「뫼비우스 띠」에 나오는 글로 작가의 서문 격에 해당된다. 「뫼비우스 띠」는 수업 시간의 시작으로 이야기가 열리며, 수업 시간의 종결로 이야기는 마무리된다. 수업이라는 구조는 「에필로그」에도 나오는데, 난장이 전체 이야기를 감싸는 액자 역할을 하고 있다. 「뫼비우스 띠」는 『난장이가 쏘아올린 작은 공』 전체 이야기 중에서 발단부에 속하며, 작가의 의도가 선명히 제시된 부분이다.『난장이가 쏘아올린 작은 공』

에서 작가가 제시하려는 것은 난장이의 이야기이며, 이 이야기의 열린 구조는 수업 시간의 닫힌 구조에 갇혀 있다.

뫼비우스띠

그러나 여기에서 장황한 비평은 그만두고 작가가 에둘러 제시하고자 한 답에 나아가기로 한다. 교사는 학생들에게 "뫼비우스의 띠에 많은 진리가 숨어 있는 것"이라 하면서 수업을 마친다. 수업의 시작에 제시한 질문에 대한 해답 또는 그 실마리를 수업의 마무리에 제시하는 것은 당연하다. 뫼비우스 띠는 '내부와 외부를 경계 지을 수 없는', 그리고 '내부와 외부를 구분할 수 없는' 것이며, 거기에 많은 진리가 있다는 것이다.

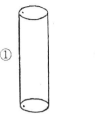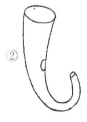

클라인의 병을 만드는 과정

그러한 세계는 '클라인의 병'에도 있다. 뫼비우스 띠가 '안 팎이 없는 한 면의 종이'라면 클라인의 병은 '안팎이 없고 닫혀 있는 공간'이다. 그것들은 내부와 외부가 없는, 그러면서도 둘로 구분되지 않는 하나의 세계인 것이다.

> 이 병에서는 안이 곧 밖이고 밖이 곧 안입니다. 안팎이 없기 때문에 내부를 막았다고 할 수 없고, 여기서는 갇힌 다는 게 아무 의미가 없습니다. 벽만 따라가면 밖으로 나갈 수 있죠. 따라서 이 세계에서는 갇혔다는 그 자체가 착각예요.

굴뚝청소부의 이야기에서 상식과 비상식 양자의 입장에서 생각해보길 바랐던 교사는 뫼비우스 띠를 통해서 진리를 암시하고 있다. 그것은 「클라인씨의 병」에서도 마찬가지이다. 클라인의 병에서는 '안이 곧 밖이고, 밖이 곧 안'이다. 그래서 갇혔다는 것은 착각일 뿐이라는 것이다. 현실은 가진 자들이 못 가진 자를 억압하고 착취하는 세계이다. 그래서 닫힌 사회로 인식된다. 그런데 상식의 세계는 비상식을 통해 무너지며, 다시 비상식은 상식을 통해 무너진다. 물론 그렇다고 하여 상식과 비상식은 모두 부정되고 사라지는 것이 아니라 정반을 거쳐 합의 세계에 이르고 있다. 뫼비우스 띠나 클라인 병은 기존의 상식들을 뒤집는다. 그러나 그것은 또 다른 합의 세계이다. 작가는 뫼비우스 띠, 클라인의 병을 통해 이 세계 역시 닫힌 사회가 아니라 열린 사회로의 가능성을 시사하고 있다.

나는 우리 모두가 공감할 수 있는 무엇을 글로 써서 제군에게 읽어 주고 싶었다. 그러나 한 줄도 제대로 쓸 수가 없었다. 물론 나는 실망했다. 수학을 빼앗긴 것이 나에게는 너무 큰 슬픔이어서 한 문장도 바로 끝낼 수 없었다. 나는 나무에서 내려온 최초의 인류의 이야기와 식물처럼 무기물에서 유기물을 합성하는 능력이 없기 때문에 식물이나 다른 동물을 먹어 영양으로 하는 동물의 이야기를 쓰고 싶었다. 그래도 시간이 남으면 제군의 창조력을 억제하거나 아예 없애 버리려는 사람들의 이야기를 쓰려고 했다. 그들은 우리의 부분적인 실태가 폭로되는 것도, 어떤 개혁이 이뤄지는 것도 바라지 않는다. 한 주전자의 커피와 한 말의 술을 마시면서 좋은 글을 못 쓰고 울기만 한 나를 이해하라. 그러나 나를 동정해서는 안 된다. 나는 제군이 아직 모르는 작은 혹성으로 우주여행을 떠나기로 했다.

결국 『난장이가 쏘아올린 작은 공』의 서두에 나타난 뫼비우스 띠는 난장이 이야기를 이해하는 논리적 토대이자 현실적 전제인 것이다. 곧 평면인 종이의 양면을 붙여서 만든 띠의 세계가 닫힌 사회에 근거한 것이라면, 종이의 한쪽 끝을

꼬아서 붙인 뫼비우스 띠는 철저히 열린 사회를 지향하고 있다. 위 인용문에서 닫힌 사회에 갇혀 몸부림하는 수학 교사의 모습을 여실히 볼 수 있다. 그는 수학에서 나쁜 성적을 내었다는 이유로 수학 과목을 빼앗기고, 다음 학기부터는 윤리 과목을 맡으라는 통보를 받은 상태이다. 그는 창조력을 억제하거나 없애 버리려는 사람들에 관한 이야기를 쓰려고 했지만, 그들이 실태의 폭로나 개혁을 바라지 않았기에 울 수밖에 없었다고 했다. 이는 1970년대 당시의 한국 현실을 극명히 보여 준다. 그래서 그는 '혹성으로 우주여행'을 계획한다. 그것은 "지구에 살든, 혹성에 살든 우리의 정신은 언제나 자유"이기 때문이다. 이처럼 조세희는 안과 겉을 구별할 수 없고 내부와 외부가 통하는 열린 사회를 지향하고, 강제와 억압 속에서도 끊임없이 정신적 자유를 추구했다.

06. 병 속의 새와 상자 속의 양-『만다라』와『어린 왕자』

여기 김성동의 소설이 있다, 제목은『만다라』. 그렇다면 만
다라는 무엇인가?『두산백과』에는 "신성한 단(壇·성역)에 부처
와 보살을 배치한 그림으로 우주의 진리를 표현한 것이다. 원
래는 '본질(maṇa)을 소유(la)한 것'이라는 의미였으나, 밀교에서

병속에 든 새(김혜민 그림)

는 깨달음의 경지를 도형화한 것
을 일컬었다."고 설명한다. 우주의
진리를 표현한 것, 그것은 우주의
진리를 푸는 열쇠로서의 화두와
별반 다를 바 없다. 또한 그것은
깨달음의 경지를 도형화한 것이
라는 점에서 한 개인의 득도 해탈
의 모습을 보여주는 것이라고 할
수 있다.『만다라』는 한 개인의
구도 과정을 그린 작품인데, 바로
아래와 같은 화두를 갖고 있다.

여기에 입구는 좁지만 안으로 들어갈수록 넓어지는 병
이 있다. 조그만 새 한 마리를 집어넣고 키웠지. 이제 그
만 새를 꺼내야겠는데 그동안 커서 나오질 않는구면…….
병을 깨뜨리지 않고는 도저히 꺼낼 재간이 없어. 그러나

병을 깨선 안 돼. 새를 다치게 해서도 물론 안 되구. 자,
어떻게 하면 새를 꺼낼 수 있을까?

김성동은 『만다라』에서 위와 같은 화두를 제시했다. 입구
가 좁지만 들어갈수록 넓은 병에 새를 키웠으며, 새가 자라서
들어간 입구로는 더 이상 꺼낼 수 없다는 것이다. 병을 깨지
않고, 새도 다치지 않게 꺼내는 방법은 무엇인가? 새가 나올
길은 병의 입구 하나밖에 없다. 그러나 입구는 좁아서 더 이
상 나올 수 없다. 그러면 어떻게 할 것인가?

나는 병 속에 손을 집어넣었다. 그리고 새의 몸뚱이를
잡았다.
그런데 이상한 일이었다. 분명히 새를 붙잡았다고 생
각했는데, 그러나 내 손아귀엔 아무것도 잡힌 것이 없었
으니…….
나는 두 눈을 부릅뜨고 병 속을 들여다보았다.
아무것도 없었다. 텅빈 허공이었다. 나는 너무도 허망
해서 눈물이 나왔다. 아아 지금까지의 나의 공부는 도로
(徒勞)였단 말인가. 아니, 애당초 병 속에 새는 없었단 말
인가.
일시에 피로가 엄습해와서 금방이라도 쓰러질 것 같은
몸뚱이를 간신히 지탱하며, 나는 병 속에 집어넣었던 손
을 뺐다.

그런데 참 이상한 일이었다. 손이 빠지질 않는 것이었으니. 어느새 병 주둥이는 처음처럼 조그맣게 오그라져 있어서 아무리 애를 써도 도무지 손이 빠지지 않는 것이었으니……

소설의 주인공 법운은 병 속에 든 새를 다치지 않게 꺼내라는 화두를 갖고 온갖 고심을 한다. 병을 깨지 않고, 새를 산 채로 꺼내라는 것은 사실 두 가지를 동시에 하라는 것이나 마찬가지이며, 전자와 후자는 서로 대립하는 것이다. 법운은 그러한 화두를 갖고 답을 찾아 헤매었지만 답을 쉽게 찾을 수 없었다. 그렇게 3년이 지나 그는 오그라들어서 도무지 손이 들어가지 않던 병 주둥이가 활짝 벌어지는 것을 목도했다. 그래서 손을 넣어 새를 붙잡았다고 생각했는데, 새는 그만 어디에도 없었다. 손을 빼려 하자 주둥이가 다시 오그라들어 손마저 빼낼 수 없게 된다. 병 속에 든 새가 여기에서 구도를 하는 법운의 모습으로 치환된다. 그것은 병이라는 세상에 갇히고 둘러싸여 밖으로 나올 수 없는 구도승의 모습인 것이다. 병 속에 든 새를 어이할 것인가?

새는 여전히 움직이지 않는다. 영원히 날지 않을 것처럼 두 다리를 굳건히 딛고 서서, 시간과 공간을 외면한 채, 날개를 파닥이길 거부하는 완강한 부동의 자세로, 날아야 한다는 자신의 의무를 포기하고 있는 것 같다. 이따금 살아 있음을 확인하듯 끄윽끄윽 음산하고도 절망적인 울음소리를 낼 뿐.

법운은 병 속에 든 새가 '영원히 날지 않을 것처럼' '부동의 자세로' '자신의 의무를 포기하고 있는 것 같다'고 했다. 살아있지만 죽어 있는 모습이 아닌가. 새가 좁은 공간에서 나오지 못하고 또한 날지 못한다면 그것은 이미 새의 기능을 상실한 것이나 마찬가지이다. 그러므로 움직이지 않고 살아가는 새의 모습은 구도자에게는 절망적인 모습이다. 날려고 날개를 파닥이지 않고, 좁은 공간을 나오려고 몸부림치지도 않는 것은 바로 법운의 모습인 것이다. 그렇다면 어떻게 해야 하나? 새가 목적이라면 무조건 새를 살려야 한다.

순간 나는 불더미 속으로부터 어떤 물체가 튀어나오는 것을 보았다. 그것은 한 마리의 조그만 새였다. 몸뚱이는 새의 그것이었는데 이상하게도 머리는 사람의 형상을 하고 있었다. 그 기이한 인두조(人頭鳥)는 불꽃 위에 앉았다. 나래가 활처럼 부풀어 올랐다. 팽팽하게 힘준 두 다리가 꼿꼿하게 일어섰다. 깃을 치는 소리가 들렸다. 이윽고 새는 독수리처럼 날카로운 발톱으로 불꽃을 긁으면서 힘차게 날아올랐다.

법운은 지산이 죽자 그의 시신을 화장한다. 그런데 화장하는 불더미 속에서 작은 새 한 마리가 날아오르는 것을 본다. 그 새는 지산의 비유이다. 지산은 죽음을 깨치고 나온 새이며, 또한 굴레를 벗고 나온 새이다. 지산은 스스로 파계한 승려가 아니던가. 곧 김성동이 지산을 통해서 제시한 방식은 병을 깨는 것이다. 병은 새를 가둔 우리이다. 새는 병으로 인해 갇혀 지내야 하고, 병은 새를 옭아매고 있는 사슬이나 함정과 마찬가지이다. 한계와 갇힌 벽을 허무는 것, 그것은 바로 자유를 향한 것이다. 발톱으로 불을 긁으면서 힘차게 날아오른 지산이야 말로 병을 깨고 날아오른 새가 아니겠는가.

한편 작품의 결말 부분에서 법운은 창녀와 매춘을 한다. 그것은 병(계율)을 깨는 것이다. 그리고 그는 '피안행' 차표를 찢고 "사람들 속으로 힘껏 달려"간다. 이는 작가 김성동의 자전적 삶을 통해 이뤄졌다. 바로 피안을 거부하고, 속세로 복귀하는 그 자신의 모습이 아니던가. 무언가 석연치 않은 결말이다. 깨달음도 못 얻고 도피한 모습이나 다를 바 없다. 법운은 이미 병 속에서 오랜 시간 길들여져 병을 깨줘도 날지 못하는 상황이 되어버렸다. 그래서 법운은 파계와 속세행을 택하고 만 것이다. 이런 어정쩡한 결말은 결국 개작을 낳기에 이른다.

나는 사람들쪽을 잠깐 바라보다가, 차표를 들여다보았다. '피안'이라 찍혀 있었다. 입선을 알리는 죽비소리가

들려오고 있었다. 부모미생지전에 시심마오? 나는 정거장
쪽으로 힘껏 달렸다.

김성동은 개작을 통해서 법운이 피안행 차를 타기 위해 정
거장쪽으로 달려가는 것으로 마무리하고 있다. 그것은 지산의
죽음을 통해 깨달음을 얻고 해탈을 위해 다시 수도 정진하는
것이다. 그래서 그는 새로운 화두를 되뇌인다. '부모미생지전
에 시심마오(父母未生之前是甚麼)' 곧 부모가 너를 낳기 전 너는
어떠하였느냐? 라는 말로 '부모미생전 본래면목'이라는 향엄
지한(香嚴智閑)의 화두(9장 참조)가 아닌가. 법운이 자신을 향한
철저한 수행으로 다시 들어가는 모습을 제시한 것이다.

지산의 파계는 구속과 속박을 깬다는 것을 의미한다. 새를
가둔 병은 인간을 속박하는 계율과 다름없으며, 그러므로 병
을 깨는 것은 인간 스스로 쌓거나, 스스로를 가두고 있는 담
장(한계)를 깨는 것이다. 참된 계율이 인간을 자유롭게 하는 것
이라면 스스로를 묶은 사슬부터 끊어야 한다. 그것은 아무리
풀려고 해도 풀 수 없었던 고르디아스의 매듭과 같은 것이 아
닌가. 현명한 알렉산더는 검을 빼어 그 매듭을 단칼에 끊어버
리질 않는가. 고르디아스의 매듭을 끊은 것처럼 병을 깨트
리는 것은 금기이자 상식을 허무는 일이었다. 끈을 자르지 않
고 푸는 방법, 병을 깨지 않고 새를 꺼내는 방법은 너무나 복
잡하고 어렵다. 중요한 것은 병이 아니라 새이며, 새를 살리

는 것이 아니라 자신을 살리는 일이 아닌가. 그것은 병을 깨지 말아야 한다는 계율을 넘어서는 것이며, 스스로의 금기를 깨는 것이다. 매듭을 끊은 알렉산더처럼, 새를 그냥 꺼낼 수 없다면 병을 깨어서라도 풀어줘야 한다.

또 하나 생텍쥐페리(Saint Exupery, 1900~1944)의 『어린 왕자』 (1943)에도 재미나는 화두가 있다. 생텍쥐페리는 작가이자 비행사였다. 그는 『어린 왕자』에서 아래와 같은 화두를 던졌다.

① 보아뱀

② 코끼리를 삼킨 보아뱀

이것은 모두 작중 화자인 '내'가 그린 그림이다. 두 개의 그림은 하나이면서 둘이다. 첫 번째 그림을 작중인물인 '나'는 알지만 어른들은 모른다. 어른들은 그것을 그냥 '모자'라고 생각해버린다. 그들은 속이 보이지 않는 그림을 모른다. 그들을 위해서라면 두 번째 그림처럼 그려야 한다. 어른들은 나의 그림을 보고 '그렇게 필요 없는 그림'을 그리지 말고, 지리나 역사, 수학이나 문법 공부를 하라고 조언한다. 그들에게는 삶에서 필요한 것과 필요하지 않은 것만 있다. 그들은 보여지는 것만 보고, 보이지 않는 것은 결코 보려고도 이해하려고도 하지 않는다. 그들로 인해 나는 화가의 꿈을 접고 비행기 조종사가 된다. 그것은 그들이 원하는 지리 공부를 하는 것이고, 실제 삶에 필요한 일을 하는 것이다. 내가 관심을 갖고 있는 '보아뱀'이나 숲, 별 이야기가 그들에게는 전혀 무관심한 대상일 뿐이다. 그들은 여전히 1번 그림을 보고 '모자'로 인식할 뿐이다. 그런 나를 잘 이해해주는 사람이 나타났다. 어린 왕자이다. 내가 비행기 고장으로 사막에 불시착해 잠들었을 때 어린 왕자가 나타나 나를 깨운다. 그는 나에게 '양 한 마리'를 그려달라고 한다. 나는 양을 그려본 적이 없었기 때문에 어린 왕자에게 코끼리를 삼킨 보아뱀(그림 ①)을 그려서 보여준다. 그러자 그는 '보아 뱀 속에 든 코끼리'는 싫다고 한다. 그는 모자, 또는 보아뱀(외면)을 본 것이 아니라 보아뱀 속에 든 코끼리(내면)를 보았다. 보아뱀은 위험하고, 코끼리는 너무 크다는 것이다.

나는 할 수 없이 ③을 그려준다. 그러자 어린 왕자는 그것은 '벌써 병이 들었다'고 하며, 다른 것을 그려달라고 한다.

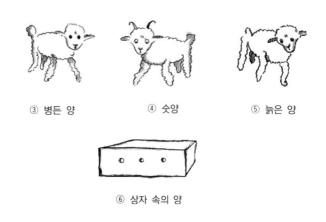

③ 병든 양   ④ 숫양   ⑤ 늙은 양

⑥ 상자 속의 양

　나는 다시 ④를 그려주자 '이건 숫양'이라고 한다. 뿔이 있다는 것이다. 그가 원하는 것은 양이다. 그래서 다시 ⑤를 그려주자 너무 늙었다고 한다. 오래 살 수 있는 양을 그려달라는 것이다. 어린 왕자가 원하는 것은 병든 양도, 숫양도, 늙은 양도 아닌, 어린 양이다. 그러자 나는 ⑥과 같은 상자를 그려준다. 그리고 어린 왕자한테 "네가 갖고 싶어 하는 양은 이 안에 들어 있어."라고 말한다. 어린 왕자는 ①을 보고도 그것이 코끼리를 삼킨 보아뱀 그림이라는 것을 알았다. 내가 의도하고 생각하는 바를 누구보다 잘 알았던 것이다. 그렇기에 나는 ⑥과 같은 그림을 그려줄 수 있었다. 구멍 난 상자에는 무엇이 들어 있는지 눈으로는 알 수 없다. 보통 사람, 특히 어른들에게는 그것이 그냥 상자일뿐이지만, 어린 왕자는 그것을 보고 얼굴이 환해지며 좋아한다. 어린 왕자는 상자 속에 자신

이 갖고 싶어 하는 양이 들었다고 생각한 것이다.

사실 이 대목에서 나와 어린 왕자의 구조는 어른과 나의 구조와 다를 바 없다. 어른들로 인해 나는 그림을 버리고 비행기 조종사가 되었으며, 순수하고 천진한 어린 왕자에게 겉으로 드러나는 ③④⑤와 같은 그림을 그려준다. 그러나 그것들이 환영받지 못하게 되자, 나는 ⑥을 그려준다. 어린 왕자는 나에게 다시 옛날의 순수를 찾게 해주었고 그래서 둘은 소통에 이르렀다. 사실 ①과 ②, 그리고 ③④⑤와 ⑥의 대비는 분명하다. 그것은 보이는 것과 보이지 않는 것, 현실적인 것과 상상적인 것의 대립이다. 그러나 그것은 소통과 공감으로 나아갈 때 그러한 대립은 극복된다. 생텍쥐페리는 그러한 소통과 공감을 꿈꾼 것이 아닌가.

넌 아직 나에겐 수많은 다른 아이들과 똑같은 꼬마아이에 불과해. 그러니 난 너를 필요로 하지 않아. 그리고 나 역시 너에겐 수많은 다른 여우들과 똑같은 한 마리 여우에 지나지 않아. 하지만 만약 네가 나를 길들인다면 우리는 서로를 필요로 하게 되지. 너는 나에게 세상에서 단 하나밖에 없는 아이가 될 것이고, 나는 너에게 이 세상에서 하나밖에 없는 여우가 되는 거지…….

여우는 어린 왕자에게 길들이는 것에 대해 이야기를 한다.

길들이기 이전에 어린 왕자는 여우에게 수많은 꼬마아이에 불과하고, 또한 어린 왕자에게 여우는 수많은 여우 가운데 하나일 뿐이라는 것이다. 그런데 서로 길들였을 때 어린 왕자는 여우에게 세상에 단 하나밖에 없는 꼬마아이가 되며, 여우는 왕자에게 하나밖에 없는 여우가 된다는 것이다. 여우는 '길들이기'가 '관계를 맺는 것'이라 했다. 그래서 '네가 나를 길들인다면 나는 너에겐 이 세상에서 오직 하나밖에 없는 존재'가 된다고 했다. 어린 왕자는 장미꽃들을 보고 "너희들은 아직 아무것도 아니야. 아무도 너희들을 길들이지 않았고 너희들도 길들인 사람이 없어."라고 말한다. 그러나 어린 왕자가 장미꽃을 길들이면 그것은 세상에 단 하나뿐인 장미가 된다.

그런데 이러한 상황을 한 시인은 아래와 같이 노래했다.

1

내가 그의 이름을 불러주기 전에는
그는 다만
하나의 물상에 지나지 않았다.

내가 그의 이름을 불러 주었을 때
그는 나에게로 와서
꽃이 되었다.

2

내가 그의 이름을 불러준 것처럼
나의 이 빛깔과 향기에 알맞는
누가 나의 이름을 불러 다오.
그에게로 가서 나도
그의 꽃이 되고 싶다.

3

우리들은 모두 무엇이 되고 싶다.
너는 나에게 나는 너에게
잊혀지지 않는 하나의 意味가 되고 싶다.

이것은 김춘수(1922~2004)의 「꽃」이라는 시이다. 이 시는 처음 『시와 시론』(전선문학사, 1952)에 실렸는데, 위와 같은 모습을 하고 있다. 그의 이름을 불러주기 이전에는 그는 하나의 물상, 곧 사물에 지나지 않았다고 했다. 그런데 이 부분은 1959년 『꽃의 소묘-김춘수시집』(백자사, 1959)에 이르면 '하나의 몸짓'으로 바뀐다. '물상'에서 '몸짓'으로 건너오면서 타자와의 소통에 대한 의지가 더욱 강하게 드러난다. 그것은 '길들이기' 이전의 모습이며, 그래서 '그'는 보통의 여우, 보통의 아이와 다름없다. 그러나 길들이기, 관계 맺기라는 소통을 통해 물상은 새로운 존재로 자리한다. 이름을 불러줌으로써, 곧 호명함으로써 '하나의 의미'가 될 수 있다는 것은 『어린 왕자』에서 보여주듯 관계 맺기를 통해 "세상에서 하나밖에 없는" 특별한 존재가 되는 것이다. 그런데 "하나의 의미"는 『꽃의 소묘-김춘수시선집』(민음사, 1974)에 이르면 다시 "하나의 눈짓"으로 승화된다. 눈은 인간이 사물을 인식하고 또한 교감을 나눌 수 있는 기관이다. 시인은 앞의 '몸짓'에 '의미'보다는 '눈짓'이 더욱 잘 어울린다고 해서 그렇게 바꾼 것으로 보인다. 형이하(形而下)의 신체에서 형이상(形而上)의 눈으로 존재의 의미는 변화된다. 김춘수는 몸짓에서 호명을 통해 눈짓으로 변화되는 관계 맺기의 방식을 잘 보여줬다.

또한 여우는 어린 왕자에게 다음과 같이 말한다.

> 내 비밀은 이런 거야. 매우 간단한 거야. 오로지 마음으로 보아야 잘 보인다는 거야. 가장 중요한 건 눈에 보이지 않아.

> 너는 네가 길들인 것에 대해 언제까지나 책임을 져야 해. 넌 너의 장미꽃에 대해서 책임이 있는 거라구……

생텍쥐페리가 『어린 왕자』에서 하려고 한 말은 여기에서 분명해진다. 여우는 어린 왕자에게 비밀 하나를 알려준다. 본질적인 것은 눈에 보이지 않는다는 것, 눈에 보이는 것은 껍데기일 뿐이며, 그렇기에 마음으로 보아야 한다는 것이다. 어른들은 나로부터 배우고, 나는 어린 왕자로부터 배우고, 어린 왕자는 여우로부터 배운다. 그리고 길들인 것에 대해서는 책임을 지라는 것이다. 길들이기 곧 관계 맺기에는 책임이 뒤따르는 것이며, 결코 그러한 진리를 잊어서는 안 된다는 것이다. 존재는 존재한다고 해서 의미를 갖는 것이 아니라 관계 속에서 소통을 이루고 주어진 역할을 함으로써 의미를 갖는다. 그것은 마음에서 행동으로 이어지는 완전한 인격체의 실현을 말함이 아니겠는가? 순수한 마음은 사회를 아름답게 하고, 책임의 실천은 세상을 변화시킨다.

삶의 화두

07. 우공과 산 – 바보가 세상을 바꾼다

옛날 중국에 우공이라는 사람이 있었다. 우공을 우리말로 옮기면 그냥 '바보 어르신'이라는 말이다. 우리나라에는 바보 온달이 널리 알려진 것처럼 중국에서는 많은 사람들이 우공 이야기를 알고 있다. 그렇다면 우공은 어떤 사람인가?

태항산(太行山)은 사방 둘레가 7백 리나 되고, 높이가 만 길이나 되는데, 원래는 기주(冀州) 남쪽, 하양(河陽) 북쪽에 있었다. 그런데 북산(北山)의 우공(愚公)이라는 사람이 나이 는 벌써 아흔이 가까운데, 이 두 산을 앞에 놓고 살고 있 었기 때문에 산 북쪽이 길을 막고 있어 드나들 때마다 멀 리 돌아서 다녀야만 했다. 영감은 그것이 몹시 불편하게 생각되어 산을 옮기는 문제를 가족들과 상의했다.

"나는 너희들과 함께 힘을 다해 높은 산을 평평하게 만들고 예주(豫州) 남쪽으로 길을 내 한수 남쪽까지 갈 수 있게 할까 하는데 너희들 생각은 어떠냐?"

모두가 찬성했다. 그러나 우공의 아내만은 반대했다.

우공은 두 산이 길을 가로막고 있어서 멀리 돌아다니는 것이 불편했다. 자신은 그러한 불편을 감수하였지만 가족들이 감수해야 한다고 생각하니 마음이 편치 않았을 것이다. 자신은 이미 늙었고, 불편함을 감수하는 것도 이력이 나있었다. 그런데도 우공은 마을의 앞을 가로막고 있는 산을 깎아 길을 내고 싶었다. 하지만 노인 한 사람이 어찌 큰 산을 깎을 수 있단 말인가. 그는 가족들에게 산을 옮기고 싶다는 의견을 냈다. 가족들은 찬성했지만 유독 아내는 반대했다.

"당신 힘으로는 작은 언덕도 허물 수가 없을 텐데, 그런 큰 산을 어떻게 한단 말입니까. 그리고 허물어 낸 흙과 돌을 어디로 치운단 말입니까?"

"발해(勃海) 구석이나 은토(隱土) 북쪽에라도 버리면 되겠지요, 뭐!"

모두 이렇게 우공을 두둔하고 나섰다. 그래서 우공은 아들 손자들을 거느리고 산을 허물기 시작했다. 짐을 지는 사람은 세 사람, 돌을 깨고 흙을 파서 그것을 삼태기와 거적에 담아 발해로 운반했다. 우공의 이웃에 사는 경성씨(京城氏) 집 과부에게 이제 겨우 칠팔 세 되는 아들이 하나 있었는데 이 아이가 또 열심히 우공이 산을 파는 일을 도왔다. 그러나 일 년에 두 차례 겨우 흙과 돌을 버리고 돌아오는 정도였다. 그러자 하곡(河曲)에 있는 지수(智叟)라는 영감이 이 광경을 보고 웃으며 이렇게 말렸다.

"이 사람아, 어쩌면 그렇게도 어리석은가. 다 죽어가는 자네 힘으로는 풀 한 포기도 제대로 뜯지 못할 터인데 그 흙과 돌을 어떻게 할 작정인가?"

아내가 반대한 데에는 '늙은 당신의 힘으로 어떻게 저 큰 산을 깎아 없앤단 말이냐?'는 현실적 판단이 들어 있다. 그러나 우공은 개의하지 않고 흙을 퍼서 삼태기에 담아 나르기 시작했다. 그러자 어떤 과부가 겨우 칠팔 세 난 아이를 데려와 산을 옮기는 일을 돕도록 하였다. 90세에 이른 늙은이나 칠팔 세 난 아이의 힘으로 산을 옮기겠다는 것은 바보스런 일이다. 그러자 '지수(智叟)'라는 사람은 우공이 죽을 날이 가까워 망령이 난 것이라 비웃었다. 지수야말로 '지혜로운 늙은이' 곧 현명한 노인이 아니던가. 그가 볼 때 우공이 산을 옮긴다는 것은 거의 불가능한 일이었다.

그러자 우공은 한숨을 내쉬며 말했다.

"자네의 그 좁은 소견에는 정말 놀라지 않을 수 없네. 자네는 저 과부의 어린아이 지혜만도 못하지 않은가. 내가 죽더라도 자식이 있지 않은가. 그 자식에 손자가 또 생기고 그 손자에 또 자식이 생기지 않겠는가. 이렇게 사람은 자자손손 대를 이어 한이 없지만, 산은 불어나는 일이 없지 않은가. 그러니 언젠가는 평평해질 날이 있지 않겠나?"

지수는 말문이 막혀 잠자코 있었다. 두 손에 뱀을 들고 있다는 산신령이 이 말을 듣자 산을 허무는 인간의 노력이 끝없이 계속될까 겁이 났다. 그래서 옥황상제에게 이를 말려주도록 호소했다. 그러나 옥황상제는 우공의 정성에 감동하여 힘이 세기로 유명한 과아씨(夸娥氏)의 아들을 시켜 두 산을 들어 옮겨, 하나는 삭동(朔東)에 두고 하나는 옹남(雍南)에 두게 했다. 이리하여 기주 남쪽에서 한수 남쪽에 이르기까지는 산이 없게 되었다.

우공은 내가 죽으면 아들이 하고 아들이 죽으면 손자가 하고, 그렇게 계속해서 산을 옮기다 보면, 결국 두 산이 평평해질 것이라 했다. 산을 혼자의 힘으로, 그것도 늙은 노인의 몸으로 옮길 수 없다는 것은 대단히 합리적이고 현실적인 생각이다. 그러나 우공이 보기에 그러한 지수의 생각은 '좁은 소견'에 불과할 따름이었다. 지수는 미처 시작도 해보지 못하고 실패해버린 사람이다. 우공은 다른 사람들의 시선에 개의치 않고 자신이 목표로 삼은 일을 계속했다. 지수와 같은 현명한 사람만 있었다면 불가능한 일이었다. 바보 같은 우공이 있었기에 가능한 일이었다. 결국 산신령과 옥황상제가 도움을 주어 그들의 힘으로 산을 옮기는 데 성공했다. 물론 이 부분에 설화적인 과장이 끼어들었다. 만일 우공의 가족들과 과부의 아이가 힘을 다해 산을 옮겼다면 더욱 감동적인 이야기가 되었을 것이다.

단재 신채호는 「우공이산론」(1907)에서 이러한 우공의 정신을 소개하기도 했고, 모택동(毛澤東, 1893~1976)은 중국 공산당 7차 당대회(1945.4.23~6.11)에서 우공 이야기를 인용했다. 모택동은 "중국 인민의 머리를 짓누르는 두 거대한 산이 있습니다. 하나는 제국주의이고, 다른 하나는 봉건주의입니다. 중국 공산당은 일찍이 이 둘을 파내기로 결심했습니다. 우리는 반드시 이를 계속해야만 하고, 반드시 계속 일해야 합니다. 그러면 우리도 하느님을 감동시킬 수 있습니다. 그 하느님은 바로 다른 것이 아니라 모든 중국의 인민 대중입니다."라고 말했다. 곧 산신령과 옥황상제가 없는 세상일지라도 인민 대중의 힘으로 제국주의와 봉건주의의 타파 같은 큰일을 해낼 수 있다는 말이다. 노무현(1946~2009) 전 대통령 역시 2009년 5월 자서전을 정리하면서 "우공이산(愚公移山)"을 표구하여 붙여놓았다. 주위 시선을 의식하지 않고 묵묵히 자신의 길을 걷겠다는 다짐이었을 것이다. 한편 인도에 다시랏 만지(Dashrath Manjhi)라는 사람은 22년간 망치와 정으로 산을 깎아내어 실제로 길을 내었다고 한다. 어쩌면 지성이면 감천이라는 의미보다 바보가 세상을 바꾼다는 것이 더욱 가슴에 와 닿는다.

그런데 바보의 이야기가 어찌 여기에 머물고 말 것인가. 이
백의 이야기에도 바보 노파가 등장한다.

이백은 아버지의 임지인 촉(蜀)나라 땅 성도(成都)에서
자랐다. 그때 훌륭한 스승을 찾아 상의산(象宜山)에 들어가
학문을 닦았는데 어느 날 공부에 싫증이 나자 그는 스승
에게 말도 없이 산을 내려오고 말았다. 집을 향해 걷고
있던 이백이 계곡을 흐르는 냇가에 이르렀을 때 한 노파
가 바위에 열심히 쇠몽둥이를 갈고 있는 모습을 보았다.
"할머니, 지금 뭘 하고 계세요?"
"바늘을 만드려고 쇠몽둥이를 갈고 있다."

이것은 이백(李白, 701~762)의 젊은 시절 이야기이다. 이백
은 젊어서 상의산에 올라 공부하는 도중에 싫증을 느끼고
산을 내려와 자신의 집으로 향했다. 마을 입구에 이르렀을
때 이백은 한 늙은 노파와 마주친다. 그녀는 바위에 쇠몽둥
이(어떤 판본에는 도끼로 나오는데, 도끼에는 구멍이 있어 그것이 바늘과
보다 닮았다고 해서 만들어진 설정인 것 같다)를 갈고 있었다. 의아
해진 이백은 그녀에게 무얼 하냐고 묻자 노파는 바늘을 만
드려고 쇠몽둥이를 간다고 했다. 큰 산을 평평하게 하여 길
을 내고자 했던 우공과 쇠몽둥이를 갈아 바늘을 만들고자
했던 노파는 별반 다르지 않다. 흔히 바보라고 치부될 수 있

는 사람들인 것이다.

> "그렇게 큰 쇠몽둥이를 간다고 바늘이 될까요?"
> "그럼, 되고말고. 중도에 그만두지만 않는다면……."
> 이백은 노파에게 공손히 인사하고 다시 산으로 올라갔
> 다. 이후 그는 훌륭한 시인이 되어 시선(詩仙)으로 추앙받
> 았다.

현명한 사람은 우공의 어리석음에 탄식했다. 그러나 이백은 노파를 그냥 지나치지 않고 관심과 호기심을 갖고 물어본다. 쇠몽둥이를 간다고 바늘이 되겠느냐고? 노파는 '중도에 그만두지 않고 계속한다면 충분히 그렇게 할 수 있다'고 말한다. 공부에 싫증을 느껴 중도에 그만두려던 이백에게는 자신의 폐부를 찌른 말이었을 것이다. 그 말을 듣고 이백은 다시 산에 올라 공부를 하고 마침내 훌륭한 시인이 되었다. 이백은 그 노파의 바보스러움을 비웃지 않았다. 어려운 일도 중도에 그만두지 않고 열심히 하면 꼭 이룰 수 있다는 믿음을 터득한 것이다. 이백은 노파의 행위를 마음으로 읽었던 것. 그의 훌륭함은 바보 같은 노파의 행위를 이해했던 데 있다. 그러나 오히려 노파가 더욱 훌륭하지 않은가. 서사상 노파는 이백을 훌륭한 인물로 만든 은인이었던 것. 그런데 노파는 이미 이백의 그릇과 역량을 알아보았다. 이백이 아니라면 노파는 미친

늙은이로 간주되었을 것이다. 그러나 이백은 노파를 알아보았다. 달리 노파는 이백이 아니라면 그렇게 행동하지 않았을 것이다. 노파야 말로 이백이라는 쇠몽둥이를 시선이라는 바늘로 만든 위인이 아니던가. 노파는 분명 마음으로 이백을 보고 행동으로 가르친 이름 없는 큰 스승이었던 것이다.

하나 더 살펴보자. 잘 알려진 일화로 에디슨(Thomas Alva Edison, 1847~1931)의 어린 시절 이야기이다. 그는 닭이 알을 품어 새끼를 까는 모습을 보고 자신도 달걀을 품었다고 한다. 자신이 직접 달걀을 품어 부화를 시도했던 것이다. 이 역시 어른들의 눈에는 바보 또는 미치광이의 짓이었을 것이다. 이 예화는 에디슨이 대단히 호기심이 많은 아이였다는 것을 말해준다. 달리 몹시 엉뚱하고 바보스런 아이였다는 말이다. 에디슨이 아닌 보통 아이였다면 결코 그런 일을 하지 않았을 것이다. 그런데 에디슨이 직접 부화에 성공했다면 어떠할까?

에디슨이 달걀 부화에 성공했다고 하면 모두 비웃을 것이다. 먼저 어떤 사람들은 고개를 갸웃거리며 '설마'라고 할 것이고, 또 어떤 사람은 '그런 사실이 있었다면 내가 모를 리 없을 텐데, 에디슨 전기 어느 구석에도 그런 사실은 없던데……'라고 말할 것이다. 만일 그러한 일이 있었다면 수많은 사람들에게 회자되었을 것이고 사람이 저마다 달걀 품기에 나설 터인데 그게 말이나 되느냐? 설마 이 말을 하는 사람도 어떻게 된 건 아니겠지? 하며 한편으로는 의심 반 걱정 반으로 생각할 것이다. 에디슨이 달걀을 부화했다고? 에디슨이 무슨 부화라도 된단 말이냐? 그렇다. 에디슨이 달걀 부화기를 직접 만든 것은 아니지만, 그는 달걀 부화기를 만드는 데 지대한 공헌을 한 사람이다. 달걀 부화기는 에디슨의 발명에 의해 나왔다고 해도 과언이 아니다. 왜냐고? 그 대답은 이렇다.

첫째, 에디슨은 닭이 아닌 사람도 달걀을 부화시킬 수 있다고 생각하였다.
둘째, 달걀부화기의 핵심은 백열전구이다. 물론 이밖에도 온도 조절기가 필요하다.

첫째 전제는 부화기를 만드는 계기로 작용했다. 아마도 에디슨이 스스로 달걀을 품어 부화한다고 했을 때 많은 사람들은 그를 바보이거나 미치광이로 취급했을 것이다. 그러나 달걀을 부화하는 데 닭 대신 다른 것이 할 수 있을 것이라는 생각이 부화기 발명의 단초가 되었다. 그는 호기심이 많은 과학자였다. 닭이 아니더라도 거기에 맞는 조건을 만들어준다면 부화가 가능할 것이다. 그런 생각을 한 사람이 바로 에디슨이다. 그리고 에디슨은 전구를 발명하였다. 초보적 부화기에서 가장 중요한 것은 전구이다. 달걀의 모습과 비슷한 이 전구, 전구는 빛과 열을 발생한다. 이것을 상용화시킨 사람이 바로 에디슨이 아니던가.

　최초의 인공 부화는 고대 중국과 이집트에서 실시되었다고 한다. 이집트에서는 피라미드의 건설을 위해, 중국에서는 만리장성 건축에 동원된 인부들에게 제공할 많은 식량을 효율적으로 조달하기 위하여 인공부화기를 발명하였다고 하는데, 과연 그것이 얼마나 신빙성이 있는 것인지는 알기 어렵다. 기록에 따르면, 1750년 프랑스 과학자 레오뮈르(Réaumur)가 말똥의 발효열을 이용하여 부화기를 개발하는가 하면, 1770년 영국의 존 챔피언(John Champion)이 온기식 부화에 성공했다고 한다. 그러나 본격적인 부화기는 1879년 에디슨이 백열전구를 발명한 이후라고 할 수 있다. 1895년 미국의 사이퍼즈(Cyphers)가 금속 팽창으로 인한 온도조절기를 부착한 대형부화기를 개발하였으며, 1923년 미국의 퍼트모스타트(Pertmostat) 회사가 전자동 전기 입체식부화기를 개발하였는데, 이것이 현대적 인공부화기의 효시로 알려져 있다. 우리나라에도 1940년 이전에 평면전란 방식의 부화기가 가동되었으며, 1940년 이후에야 입체전란 방식의 부화기가 도입됨으로써 대형 인공 부화가 가능하게 되었다고 한다.

　5년 전 어린이날을 즈음해 달걀 부화기를 만들었다. 시중에 소형 부화기를 팔지만, 일부러 직접 만들어서 아이들과 부화 과정을 지켜보기로 했다. 스티로폼 박스에 수건을 깔고 농장에서 가져온 유정란을 3개 올려놓았다. 그리고 박스 뚜껑에

백열전구와 자동온도조절기를 설치하였다. 습도 조절을 위해
물컵을 두고 박스에는 구멍을 뚫고 투명테이프를 붙여 관찰
할 수 있게 하였다. 마지막으로 뚜껑을 덮고 백열전구와 온도
자동조절기에 전원을 연결시켰다. 초등학생이던 막내에게는
아침저녁 하루에 두 번씩 달걀을 뒤집어주도록 했다. 다른 사
람들이 우리가 만든 부화기를 보고 그렇게 해서 부화가 되겠
느냐며 가소로운 웃음을 짓기도 하고, 또 아이들에게 실망을
주지 않을까 염려해주기도 했다.

첫 부화된 병아리

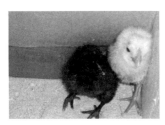
부화된 2마리 병아리

그렇게 해서 21일째 되던 날 점심쯤에 마침내 하나의 달걀
에 구멍이 났다. 달걀 속 병아리가 부리로 구멍을 낸 것이다.
그리고 옆으로 조금씩 금을 내면서 한 마리가 태어났고, 또
다른 달걀에서도 작은 구멍과 금이 나면서 한 마리가 태어났
다. 다음날 마지막 달걀에서도 금이 났지만 오랜 시간이 지나
도 더 이상 진전이 없었다. 힘이 부쳐 못 나오는 것 같아 달

걀 껍질을 깨고 꺼내놓았더니 병아리는 제대로 일어서지 못했다. 마지막에 나온 한 마리는 이틀을 버티지 못하고 죽었지만 두 마리는 잘 자랐다. 나중에 병아리가 자라서 아침마다 아파트가 시끄럽게 울어대는 바람에 두 마리 모두 농장에 보냈지만, 우리는 에디슨 덕분에 병아리를 부화시킬 수 있었다.

우리는 그 부화기를 '에디슨부화기'라고 불렀다. 백열전구가 아니었다면 불가능한 일이었다. 그렇다. 에디슨은 달걀을 품고 부화하려 했다. 우리도 우리 스스로 달걀을 부화시키려고 했다. 그가 있었기에 우리는 부화기를 만들 수 있었고, 마침내 달걀 3개가 부화되었던 것이다. 달걀을 품어 스스로 부화시키려고 했던 바보 에디슨, 그러나 백열전구를 발명한 천재 에디슨, 그래서 바보는 천재의 다른 이름이 아닐까? 세상의 가치로 볼 때 그들은 바보스럽지만, 세상을 바꾸는 진정한 영웅이 아니겠는가? 그래서 나는 바보를 좋아한다. 우공도, 에디슨도, 단재도, 모택동도, 심지어 노무현도 나는 좋아한다.

08. 장자와 물고기 – 만물은 모두 같다!

장자(莊子, 기원전 369~기원전 289?)는 중국 전국 시대의 사람이다. 그의 생애나 행적은 잘 알려져 있지 않다. 그러나 그의 사상이나 철학적 사유는 『장자』에 전하고 있다. 그의 저서에는 다양하고도 심오한 이야기들이 많이 들어 있다. 아래 이야기도 그 가운데 하나이다.

장자가 조릉의 울타리 가에서 노닐다가 이상한 까치 한 마리가 남쪽에서 날아오는 것을 보았다. 그 날개의 넓이는 일곱 자이고 눈 둘레는 한 치나 되었다. 그놈은 장자의 이마를 스쳐 밤나무 숲에 앉았다. 장자는 혼자 생각했다.

"저 놈은 어떤 새이기에 저렇게 넓은 날개를 가지고도 높이 날지 못하고, 저렇게 큰 눈을 가지고도 잘 보지 못하는가?"

장자는 어느 날 화살을 들고 조릉의 숲에 갔다가 이상한 까치 한 마리를 보았다. 그 새는 엄청나게 큰 새였는데, 장자를 보지 못한 채 먹이 사냥에만 열중하고 있었다. 장자는 생각했다. 저 새는 도대체 어떤 새이길래 저렇게 큰 날개를 가지고도 높이 날지 못하고, 또한 저렇게 큰 눈을 가지고도 제대로 보지 못하는가? 새의 날개가 크면 높이 날 수 있고, 눈이 크면 먼 데까지 볼 수 있지 않은가. 독수리도 힘차게 날아올라 멀리 바라보지 않던가? 그러나 장자가 만난 새는 날개에 비해 나는 것이 초라하기 그지없었고, 눈은 커도 사냥하러 나온 장자를 보지 못했다.

이에 옷깃을 걷어 올리고 빠른 걸음으로 화살을 잡아 새를 겨누었다. 그러다가 문득 한 쪽을 보니, 매미 한 마리가 나뭇가지 그늘에 앉아 제 몸을 잊어버리고 즐기고 있었다. 그리고 그 곁에는 사마귀 한 마리가 풀잎에 숨어, 그 매미를 잡으려고 정신이 쏠려 제 몸을 잊고, 저 까치는 또 그 기회를 타서 그 사마귀를 잡으려고 정신을 잃고 있었다.

장자는 그 새를 향해 활을 겨눈다. 그러다가 문득 새가 향하는 곳을 자세히 보니, 매미 한 마리가 주위에 어떤 위험이 도사리고 있는지도 모른 채 제 몸을 즐기고 있었다. 그러한 매미를 잡아먹으려고 사마귀 또한 정신이 팔려 있었다. 그러고 보니 이상한 까치는 그 사마귀를 잡아먹으려고 장자를 제대로 보지도 못한 채 먹이에 정신이 팔려 있었던 것이다.

장자는 이것을 보고 놀랍고 두려워,
"아, 슬픈 일이다. 만물은 원래 서로서로 해치고, 이해

(利害)는 서로서로 짝하는구나!"

하고, 화살을 던져버리고 도망치듯 달아났다.

그러자 장자는 깨달음을 얻는다. 만물들은 서로서로 해치고, 이해는 서로서로 짝한다는 진리를 깨달은 것이다. 사마귀는 매미를 해치고, 새는 사마귀를 해치고, 자신도 다만 새를 사냥하려 했던 게 아닌가. 그리고 새가 사마귀를 잡아먹으면 그것은 사마귀에게는 해로운 일이지만 새에게는 이로운 일이다. 그것은 먹고 먹히는 생존세계에서 당연한 일이 아닌가. 그런데 사마귀를 잡아먹은 새는 매미에게 생명의 은인이 된다. 그는 하나에게 유익함이 다른 것에게는 해로움이 되고 만다는 사실을 깨닫고 화살을 던져버리고 도망치듯 나온다. 그는 만일 자신이 화살을 쏘아 새를 잡으면 그것이 사마귀에게는 이로우나 매미에게는 결코 그렇지 않은 일이며, 또한 자신이 사물을 해치고 이를 취하는 것이 미물의 행위와 다르지 않다는 것을 안 것이다. 미물의 세계, 생존경쟁을 위해 살육이 판치는 세계에서 장자는 한 발짝이라도 멀리 도망치고 싶었을 것이다.

밤숲지기는 그것을 보자, 밤 도둑이라 생각하고 뒤를 쫓으며 꾸짖었다. 장자는 집에 돌아와, 석 달 동안을 뜰 앞에도 나앉지 않았다.

그런데 이 이야기에는 묘한 반전이 기다리고 있다. 장자가 달아나자 밤숲지기가 '밤도둑이야!' 하고 소리지르고 그를 쫓으며 꾸짖은 것이다. 그 후 장자는 석 달 동안 뜰 앞에 나앉지 않았다고 한다. 이른바 두문불출을 한 것이다. 그러면 왜 장자는 석 달이나 두문불출했는가?『장자』에서 장자가 90일 동안 두문불출했다는 것은 이곳에만 있다. 이는 장자가 깨달음을 위해 두문불출했다는 말이다. 그렇다면 무엇에 대한 깨달음인가? 장자는 왜 날개가 커도 제대로 날지 못하고 눈이 커도 제대로 보지 못하는가? 라는 화두를 갖고 두문불출하며 고뇌했을 것이다. 그런데 석 달이라는 언급을 통해 그 고뇌와 사색이 얼마나 깊고, 그 깨달음의 도정이 얼마나 지난했는가를 보여준다. 수행의 정도가 이루 말할 수 없었다는 것이다. 무엇 때문이었을까?

장자는 매미가 보지 못하는 사마귀도 보았고, 사마귀가 보지 못했던 새도 보았다. 그는 그러한 것을 보면서 작은 깨달음을 얻었다. 새가 먹이에 정신이 팔려 활을 멘 자신을 보지 못한 것을 보고 '저 놈은 어떤 새이기에 저렇게 넓은 날개를 가지고도 높이 날지 못하고, 저렇게 큰 눈을 가지고도 잘 보지 못하는가? 저 미물은 한심하기 그지없구나!'라고 생각한다. 그런데 그러한 것이 새뿐만 아니라 매미도, 사마귀도 그렇다는 것을 본다. 그래서 '만물은 원래 서로서로 해치고, 이해(利害)는 서로서로 짝하는구나!'라고 인식한다. 그러나 장자 자신은 그들과는 다르고 그들의 본체를 알아버린 존재로 스스로를 위치시킨다. 그래서 빨리 도망쳐 나오려고 했던 것이다. 그러나 곧 밤숲지기로부터 도둑으로 몰린다. 그것이 두문불출하게 만든 요인이다.

장자는 '매미<사마귀<까치<장자'라는 매우 우월한 위치에 있다. 장자는 이러한 사슬 구조를 알기에 자신이 이들의 질서에 개입할 수 있다. 말하자면 장자는 이들 곤충이나 동물과는 다르며 이들을 조정할 수 있는 초월적 위치에 놓이게 된다. 만물(곤충이나 동물)들은 서로 해치고 이해관계는 서로 짝하는 것인데, 그곳에 자신은 포함되지 않는다. 그래서 도망쳐 나왔던 것이다. 그런데 밤숲지기의 등장으로 이러한 생각은 사정없이 무너지고 만다. 바로 '장자<밤숲지기' 관계가 형성된 것이다. 곧 자신이 만물을 통괄하고 있다는 믿음이 사정없이 무너져버린 것이다. 그것은 엄청난 회의를 불러온다. 곧 자신이 까치 사냥에 정신이 팔려 밤숲지기를 보지 못했던 것, 그것은 까치와 자신의 동일시를 낳는다. 자신 역시 그렇게 큰 눈을 가지고도 보지 못하는 미물이었던 셈이다. 그렇다면 장자<밤숲지기의 관계는 매미<사마귀, 사마귀<까치의 관계와 다를 바 없다. 그것은 장자도 매미, 사마귀, 까치와 다를 바 없는 미물이라는 충격적인 깨달음이다. 장자는 그러한 깨달음으로 두문불출을 했던 것이다. 그렇다면 장자가 두문불출 끝에 얻은 깨달음은 과연 무엇인가?

이에 대해서는 까치 이야기에 더 이상 언급되지 않았다. 다만 장자가 석달 만에 나왔다는 것은 깨달음을 얻었다는 것을 말해준다. 그러나 이야기를 다시 처음으로 돌아가 읽어보면 어느 정도 답을 생각하게 된다. 장자는 이제 까치가 아니라 스스로에게 묻는다. 도대체 너는 어떻게 생겨먹었길래 그렇게 큰 눈을 갖고도 제대로 보지 못하는가? 또 묻는다. 너는 매미나 사마귀, 까치 등 한낱 미물과 다를 바 있는가? 두문불출 이전에 장자는 스스로를 미물들과는 다른 그야말로 우주만물의 이치를 꿰고 있는 존재로 인식했다. 그러한 믿음의 붕괴가 두문불출을 가져온 것이다. 그런데 밤숲지기를 통해 자신도 미물과 다름없으며, 또한 만물의 이치를 제대로 알고 있기는 커녕 제 자신마저 제대로 알지 못했음을 알게 된 것이다. 그렇다면 답은 분명하다. 결국 장자는 '나'는 무엇인가? 라는 절박한 물음에 직면했던 것이다.

어느 날 장주는 꿈에 나비가 되었다. 훨훨 날아다니는 것이 분명 나비였다. 스스로 유쾌하게 노닐어 장주인지도 몰랐다. 그러다가 불현듯 깨어보니 확실히 장주였다.
그렇다면 장주가 꿈에 나비가 되었는가?
나비가 꿈에 장주가 되었는가?
장주와 나비 사이에는 틀림없이 구별이 있을 것이다. 이것을 '사물의 변화(物化)'라 한다.

이것은 장자의 「호접몽」이다. 장자는 어느 날 꿈에 나비가 되었다고 했다. 그는 스스로를 나비로 알고 기분 좋게 훨훨 날아다녔는데, 꿈을 깨어 보니 장자였다는 것이다. 그래서 장자인 자신이 꿈에 나비가 된 것인지, 나비가 꿈에 인간인 장자가 된 것인지 잘 모르겠다는 것이다. 곧 지금의 이 현실이 꿈인지, 꿈의 세계가 현실인지 잘 분간이 가지 않는다는 것이다. 그러나 분명 인간인 장자와 나비 사이에는 구별이 있다. 이것이 이른바 '사물의 변화인 물화(物化)'라는 것이다. 장자는 또 "하늘과 땅은 나와 같이 생기고, 만물은 나와 함께 하나가 되어 있다."고 말했다. 그러한 만물이 하나로 된 절대(絶對)의 경지에 서 있게 되면, 인간인 장자가 곧 나비일 수 있고, 나비가 곧 장자일 수도 있다. 꿈도 현실도 죽음도 삶도 구별이 없다. 우리가 눈으로 보고 생각으로 느끼고 하는 것은 한낱 사물의 변화(物化)에 불과한 것이다.

곧 나비와 나는 각각의 주체이면서 객체이다. 그것은 다른 주체로 분리되어 있지만, 동화작용을 통해서 일체화가 된다. 나비가 주체라면 장자가 객체이고, 장자가 주체라면 나비가 객체이다. 그런데 꿈은 의식현상의 일부로서 객체로서 주체를 바라볼 수 있다. 꿈은 현실과 달리 주체를 벗어나 주체를 인식함으로써 주체를 넘어설 수 있다. 짧은 시간의 꿈과 긴 시간의 현실에서 생각하는 주체는 나비인가 장자인가? 그것은 장자와 나비의 분리를 염두에 둔 것이다. 나비는 주체화의 세계이지만, 장자는 주체화와 객체화가 가능하다. 장자의 위치에 서면 자신에 대한 객체화와 타자화가 가능하며, 나비라는 또 다른 주체화를 통해 주객전도의 탈주체화가 형성된다. 주체는 자기 인식을 통해 대상과 자신을 분리하는 것이 아니라 일체화를 이룰 수 있게 된다. 그러한 장자의 깨달음을 보여주는 일화가 있다. 장자는 혜자(惠施, 기원전 370?~기원전 310?)와 자주 만나 대화를 나눴다. 어느 날 장자는 호수(濠水) 가에서 혜자를 만났다.

> 장자(莊子)가 혜자(惠子)와 더불어 호수(濠水)의 다리 위를 거닐고 있을 때, 장자가 말하였다.
> "피라미가 나와 유유히 헤엄치고 있으니 저것이 물고기의 즐거움일 게야."
> 혜자가 말하였다.
> "자네는 물고기가 아닌데 어떻게 물고기의 즐거움을 아는가?"
> 장자가 말하였다.
> "자네는 내가 아닌데 어떻게 내가 물고기의 즐거움을 모른다는 것을 아는가?"

장자는 물가에서 한가롭게 노닐고 있는 피라미를 보고 그것이 물고기의 즐거움이라고 말했다. 그러나 혜자는 자네가 물고기가 아닌데 어찌 물고기의 즐거움을 아는가 하고 반문

한다. 장자가 물고기가 아니므로 물고기의 즐거움을 알 수 없다는 것이다. 그러자 장자는 혜자의 논리적 모순을 지적한다. 혜자의 논리대로라면 혜자는 장자가 물고기의 즐거움을 모른다는 것을 안다는 것이다. 그것은 곧 장자는 물고기의 즐거움을 모르지만, 혜자는 장자가 물고기의 즐거움을 알 수 없다는 것을 안다는 뜻이다. 그런데 장자가 물고기(곧, 물고기의 즐거움)를 모른다면, 당연히 혜자도 장자(장자가 물고기의 즐거움을 안다는 것)를 몰라야 한다.

혜자가 말하였다.

"나는 자네가 아니라서 본시 자네를 알지 못하네. 자네도 본시 물고기가 아니니 자네가 물고기의 즐거움을 알지 못한다는 것은 틀림없는 일이야."

장자가 말하였다.

"얘기를 그 근본으로 되돌려 보세. 자네가 (나한테) '어떻게 물고기의 즐거움을 아는가?'하고 물었던 것은, 이미 내가 물고기의 즐거움을 알고 있음을 알았기 때문이네. 그래서 나에게 그런 질문을 한 것인데, 나는 호수(濠水) 가에서 물고기와 일체가 되어 그들의 즐거움을 알고 있었던 것이네."

그러자 혜자는 다시 자신이 장자가 아니니 장자를 모른다는 것을 수용한다. 그리고 장자가 물고기가 아니니 물고기의 즐거움을 모르는 것은 틀림없는 일이라고 한다. 그런데 여기에 혜자도 미처 생각하지 못한 논리적 모순이 있다. 혜자는 물고기도 아니며, 장자도 아니다. 그렇다면 혜자는 장자가 아는지 모르는지 몰라야 한다. 혜자는 자기 중심적 입장에서 논리적 자가당착을 범하였다. 그것은 조릉에서 장자가 겪었던 일과 같다. 안다고 생각하는 순간 그것은 전체가 된다. 사실 안다는 것은 모른다는 것을 포함하고 있다. 공자(孔子, 기원전 551~기원전 479)는 '아는 것을 안다 하고 모르는 것은 모른다 하는 것이 진짜 아는 것'(知之爲知之 不知爲不知 是知也)이라고 했다. 모르는 것을 모른다고 하는 것은 모른다는 사실 자체를 안다는 것이다. 공자로 볼 때 안다 / 모른다는 전체 앎 속에서 나온 것이다. 그러나 장자는 다른 입장을 취한다. 그는 "내 자신이 안다고 하는 것은 실은 아무것도 알지 못하는 것이거나, 반대로 내 자신이 알지 못한다고 하는 것이 사실은 아는 것(庸詎知吾所謂知之非不知邪　庸詎知吾所謂不知之非知邪)"이라고 했다. 또한 이러한 논리는 <지북유>편에도 나온다. 거기에서는 "알지 못하는 것이 아는 것이고, 안다는 것이 알지 못하는 것인가? 누가 알지 못함이 앎인 것을 알 수 있으리오?(弗知乃知乎 知乃不知乎 孰知不知之知)"라는 태청의 말이 실려 있다. 그것은 장자가 까치 설화를 통해 통절히 깨달은 바 아니던가.

　장자는 혜자에게 근본으로 돌아갈 것을 권했다. 그래서 혜자에게 "자네가 (나한테) '어떻게 물고기의 즐거움을 아는가?'

하고 물었던 것은, 이미 내가 물고기의 즐거움을 알고 있음을 알았기 때문"이라고 말한다. 이 말은 장자가 물고기가 즐거운지 그렇지 않은지를 알고 있다는 전제에서 비롯된 것이며, 또한 물고기가 즐거워한다는 뜻을 내포하고 있다. 혜자가 '장자가 물고기의 즐거움을 안다 / 모른다'고 하는 것 역시 혜자가 장자를 안다는 전제에서 나온 것이다. 장자가 혜자를 알 듯 물고기를 안다는 것은 대상, 또는 타자에 대해 알 수 있다는 사실을 전제한다. 상대가 사람이기 때문에 알고, 물고기이기 때문에 모른다는 것은 어불성설이다. 사람에 대해서 알 수도 모를 수도 있고, 물고기에 대해서 알 수도 모를 수도 있다. 장자의 견지에서는 안다고 하지만 잘 모르고, 모른다고 하지만 안다는 것이다. 그렇다면 어떻게 아느냐 하는 것이 중요하다. 그것은 '일체가 되어' 안다는 것이다. 사실 이 해석은 문맥에 맞게 장자의 사상을 고려하여 추가한 대목이다. 내(주체)가 물고기와 일체가 되어 물아일체, 곧 주객동일화를 이룬다. 그때 물고기의 즐거움은 당연히 나의 즐거움이 된다. 따라서 나는 물고기의 즐거움을 아는 것이다. 그것은 나의 인식이 대상의 인식이 되고, 나아가 우주의 인식이 되는 것이다. 이처럼 주체(존재)와 객체(대상)가 일체가 되는 것을 불교에서는 '선(禪)'의 경지라고 했던가. 장자로 볼 때 물고기는 내가 아는 객체이기도 하지만, 한편으로 물고기는 '나'이기도 하다. 물고기는 「호접몽」의 나비처럼 객체이기도 하고 주체이기도 하다. 곧 나와 다르지만 나와 동일화된 주체이다. 여기에 굳이 전이니, 투사이니, 동일시니, 합일이니 등 심리학의 용어들을 끌어들일 필요는 없다.

　장자는 혜자와의 변론에서 근본을 돌이켜(循其本) 사실을 궁구하는 방법을 말했는데, 이를 까치 이야기에 적용하면 장자의 해답은 유추할 수 있다. 그것은 곧 자신도 미물과 다름없으며, 만물을 안다는 것은 자신을 안다는 것이다. '내'가 독립된 개체로 만물과 상관없이 존재하는 것이 아니라 나도 만물의 일부이며, 만물은 모두 같다는 것이다. 달리 만물을 추구하는 것은 자신을 추구하는 것이며, 자신을 추구하는 것이 만물을 추구하는 것이다. 그것은 곧 만물이 나이고, 내가 만물이라는 만물제동(萬物齊同)의 사상이다. 결국 장자는 '만물은 모두 같다'는 사상을 통해 자신에 대한 깨달음을 이룬 것으로 보인다.

09. 원효와 해골 무덤 – 깨달음에서 실천으로!

원효(617~686)는 신라 시대 승려이다. 그는 진평왕 39년(617)에 압량군 불지촌(지금의 경산군 자인면)에서 태어났다. 그는 10세에 출가하여 스승을 따라 경전을 배웠다. 남달리 총명하여 불교뿐만 아니라 유학에도 뛰어났다고 한다. 그는 34세에 의상과 함께, 당나라 유학길에 올랐는데, 요동에서 그곳 순라군에게 첩자로 몰려 여러 날 옥에 갇혀 있다가 풀려나 신라로 되돌아왔다. 그리고 45세 때에 다시 구도와 학문을 위해 의상과 함께 당나라 유학길에 나섰다.

하루는 날이 저물고 길은 궁벽하여 숙박할 곳을 찾았으나 광막한 들판에서 인가를 발견치 못하였음으로 하는 수 없이 길옆 나무가 드문 숲속에서 하루 밤을 보내기로 하였다. 밤에 원효는 목이 말라 암흑 가운데에서 좌우를 더듬어 찾다가 하나의 사기그릇에 냉수가 담겨 있음을 발견하고 그것을 마셨더니 가슴이 시원해졌다. 다음날 아침 그들은 일어나 행장을 재촉할 때 그 곁에는 오래된 무덤이 있고, 그 무덤 가운데 죽은 사람의 두개골이 있는지라, 원효는 지난 밤 자기가 마신 그릇의 물이 그 두개골의 물임을 그제야 알게 될 때 저절로 구역질이 아니 날 수 없었다.

이　내용은 「대성 원효(大聖元曉)의　일생」이라는　이름으로 1930년에 『조선』에 소개되었다. 이 이야기가 널리 알려지는 데는 이광수의 역할도 컸다. 이광수는 소설 『원효대사』에서 원 효와 의상이 당나라 유학길에 올랐다가 하루는 밤중에 비를 피하여 무덤에 들어갔다고 했다. 그런데 원효는 목이 말라 웅덩이를 찾아 물 한 바가지를 떠먹고 잤다. 이튿날 아침에 일어나 다시 그 웅덩이를 찾아보니 그곳에 사람의 해골이 있 었다는 것이다. 그것을 보고 원효는 오장이 다 뒤집히는 듯 했다고 했다. 결국 어젯밤 달게 마신 물이 아침에 보니 해골 바가지의 물이었다는 것이다. 그런데 1935년에 실린 「원효대 사」(『사해공론』, 1935.10)에 또 다른 이야기가 소개되어 있다.

　원효법사는 의상과 함께 서쪽으로 유행(遊行)하기로 했 다. 본국의 바다 관문(海門)이며 당 나라의 경계(州境界)에 이르러 큰 배를 구하여 창파를 건너려고 계획했다. 그런 데 도중에 심한 폭우를 만났다. 이에 길옆의 토굴(土龕) 속에 은신하여 비바람을 피했다. 다음날 아침에 서로 보 니 해골이 옆에 흩어져 있는 오래된 무덤이었다. 하지만 하늘에는 비가 내리고 길은 진흙탕이어서 한 치도 앞으 로 나아가기 어려워 체류하며 나가지 않았다. 또 무덤 벽 에 기대는 중에 야밤에 홀연 귀물이 있어 괴기하였다.

그런데 위 이야기는 『송고승전(宋高僧傳)』(988년)에 전하는 원효의 이야기를 소개한 것이다. 그것에 따르면, 원효는 유학을 가다가 심한 폭우를 만나 비를 피해 토굴에 들어가 편히 잤는데, 다음 날 아침 그 토굴이 해골이 흩어져있는 무덤이라는 것을 깨닫는다. 하지만 날씨가 여전히 좋지 않아 다시 하룻밤을 더 머물게 된다. 그러나 좀처럼 잠을 이룰 수 없었다. 아무것도 모르던 때에는 편히 쉬었지만, 무덤이라는 것을 알고 나니, 이후 제대로 잘 수 없었다는 것이다. 곧 무덤이라는 것을 알게 되자 귀신도 보이고 잠을 이룰 수 없었던 것이다. 생각이 있으니 현상이 그에 따른다는 것이다. 원래 현상이 있고 생각이 그에 따른다. 그리고 인간은 수도나 수양을 통해 생각을 변화시키고 현상을 제어할 수 있어야 하지만, 원효는 전혀 그렇게 하질 못했다.

사실 해골바가지로 물을 마신 이야기는 무덤에서 두 번 잔 이야기보다 훨씬 극적이다. 원효의 이야기를 전하는 판본마다 이 부분에서 조금의 차이가 있다. 해골바가지 이야기는 송나라 각범혜홍(覺範慧洪, 1071~1128)이 쓴 『임간록(林間錄)』(1107년)에 보다 분명히 나온다. 원효가 구도의 길을 떠났다가 무덤 속에서 자게 되었는데 '목이 심히 말라 굴속의 물을 움켜 마셨는데 달고 시원하였으나 날이 밝아서 보니 그것이 해골의 물'이었다는 것이다. 이보다 앞서 연수(延壽, 904~975)가 961년에 쓴 『종경록(宗鏡錄)』에는 원효가 '시신이 썩은 물'을 마신 것으로 나온다. 원효가 도를 깨닫게 된 동인이 먼저 '시신 썩은 물'(『종경록』), 다음으로 '무덤에서 이틀 밤 보낸 것'(『송고승전』), 세 번째 '해골의 물'(『임간록』)로 나오지만, 정황상 두 번째 『송고승전』의 이야기가 가장 타당한 것이 아닌가 생각된다. 이광수는 이야기를 더욱 극적으로 만들기 위해 해골바가지 이야기를 취했을 가능성이 있다. 원효는 무덤에서 묵고 난 후 깨달음을 얻고 「오도송」을 지었다.

> 心生則種種法生　　마음이 생겨나니, 온갖 법이 생겨나고
> 心滅則龕墳不二　　마음이 사라지니, 감실과 무덤이 다
> 　　　　　　　　　르지 않네.
> 三界唯心萬法唯識　삼계가 오직 마음일 뿐이요, 만 가지
> 　　　　　　　　　현상이 오직 앎(識)일 뿐이로다.
> 心外無法胡用別求　마음 밖에 현상(法)이 달리 없거늘,
> 　　　　　　　　　어찌 따로 구하리오.

　이것은 『송고승전』에 나오는 내용이다. 원효는 "마음이 생겨나니, 온갖 법이 생겨나고 마음이 사라지니, 감실과 무덤이 다르지 않네."라고 노래했다고 한다. 그런데 『종경록』에는 앞의 두 구절이 없으며, 『임간록』에는 첫 구절은 같지만 두 번째 구절은 "마음이 멸하니, 해골이 다르지 않네(心滅則髑髏不二)"로 나온다. 해골이 무엇과 더불어 다르지 않은지가 불분명하다는 점

에서 그것은 '해골바가지의 물'에 맞춘 노래로 생각된다.

또한 3구절 이후 내용은 1-2구절의 「오도송」에 덧달린 산문으로 인식되기도 하는데, 이 내용도 조금씩 차이가 있다. 먼저 『종경록』에는 3구절이 "삼계가 오직 마음일 뿐이요, 만가지 현상이 오직 앎일 뿐이로다(三界唯心萬法唯識)"라 하여 『송고승전』과 같지만, 마지막 구절은 "좋고 나쁜 것이 나에게 있지 물에 있지 않구나(故知美惡在我實非水乎)"로 다르게 제시되어 있다. 그리고 『임간록』 역시 『송고승전』과 달리 "여래 대사가 말하길 삼계가 오직 마음일 뿐인데 어찌 나를 속이리오(如來大師曰 三界唯心 豈欺我哉)"라는 구절만 있다. 그렇게 볼 때 『송고승전』의 내용이 전체 맥락상 가장 잘 어울린다고 하겠다. 원효는 무덤 속에서 이틀 연속으로 자고 깨달음을 얻은 후 "나는 당나라에 가지 않겠다(我不入唐)"고 결심한다.

마음이 생겨나니 갖가지 현상(온갖 법)이 생겨나고,
마음이 사라지니 감실과 무덤이 다르지 않네.

여기에서 감실(龕)은 토굴(土龕)을 뜻하며, 무덤(墳)은 해골이 흐트러진 무덤을 의미한다. 토굴과 무덤이 둘이 아니라는 말이다. 토굴은 그냥 비를 피할 수 있는 동굴 따위를 뜻한다. 그에 비해 무덤은 시신이 썩어 문드러지고, 귀신이 출몰하는 매우 음산하고 흉측한 곳이라고 할 수 있다. 그런데 그것이 둘이 아니라는 것이다. 곧 모든 것은 마음에 달려 있다는 것이다.

어젯밤 잠자리는 토굴이라 생각하여 아주 편안했는데
오늘밤 잠자리가 무덤 속이라 생각하니
귀신이 어른거리는 등 뒤숭숭하기 짝이 없구나.
마음이 생겨남으로 갖가지 현상이 생겨나고
마음이 사라지니 토굴(龕)과 무덤(墳)이 다르지 않음(不二)을 알겠도다!
또 삼계는 오직 마음에 달렸을 뿐이요
만 가지 현상은 오직 생각하기 나름일 뿐.
마음 밖에 현상이 달리 없거늘 어찌 따로 구하리오?

활연대오를 한 원효는 당나라 유학의 길을 접고 발길을 돌려 신라로 돌아왔다. 그는 해골 무덤에서 모든 것이 마음에 달려있다는 것을 깨달은 것이다. 그래서 그는 길거리에서 광인이나 걸인 행세를 하며, 민중 포교에 나섰다. 그는 세속의 옷을 입고 스스로 소성거사(小性居士)라 칭하고 나무를 깎은 바가지를 들고 천촌만락(千村萬落)을 돌아다니면서 노래하고 춤추며 백성들을 교화하였다. 이로 인하여 가난한 사람, 어린아이들까지도 모두 부처님의 이름을 알고 염불을 할 수 있게 되었다고 한다. 스스로의 깨달음이 있으면 굳이 스승을 둘 필요가 있겠는가.

> 心生則種種法生 마음이 생겨나니, 온갖 법이 생겨나고
> 心滅則種種法滅 마음이 사라지니, 온갖 법이 사라지네.

『대승기신론』에는 이와 같은 구절이 있다. 원효는 『기신론소(起信論疏)』에서 '무명의 힘에 의하여 불각(不覺)하여 마음이 움직여 일체의 경계를 나타낼 수 있지만, 만약 무명의 마음(불각심)이 없어진다면 경계가 따라서 없어져 모든 분별식이 없어지게 된'다고 했다. 곧 마음의 깨달음을 통해 일체 사물이 생겨나고, 마음이 사라지면 모든 게 소멸된다는 일체 유심의 사상을 말한 것이다. 그런데 「오도송」 두 번째 구절에서 원효는 "마음이 사라지니, 감실과 무덤이 다르지 않네(心滅則龕墳不二)"라고 노래했다. 자신의 체험을 통한 깨달음을 표현한 것이다. 그것은 온갖 법이 마음에서 생겨나고 사라진다는 것을 넘어서는 것이다. 원효대사는 깨달음을 통해 새로운 경지를 열었는데, 곧 세상만사가 오직 마음먹기에 달렸다는 것이다. 이와 같은 깨달음을 두고 '자득지학(自得之學)'이라고 했던가. 그런데 원효는 깨달음에 그치지 않고 실천으로 나아갔다. 불교교리 강론이라는 학문적 활동과 그러한 교리의 수행과 전파라는 대중적 완성을 실천한 것이다.

여기에서 「오도송」과 관련해 향엄지한(香嚴智閑, ?~898)의 이야기를 떠올릴 수 있다. 향엄지한은 중국 당나라 시기의 승려이다. 그는 젊어서 세속적 삶이 싫어 부모에게 고하고 불문에 들어갔다. 백장회해(百丈懷海, 749~814)의 문하에 들어가 인정을 받았지만, 향엄이 깨달음을 얻기 전 백장은 죽고 말았다. 그래서 다시 위산영우(潙山靈祐, 711~852)를 찾아가 스승으로 삼았다.

> 어느 날 스승인 위산영우가 제자인 향엄지한에게 물었다.
> "지금까지 그대가 터득한 지식은 눈과 귀로 남에게서 보고 들었거나 경전에서 읽은 것뿐이다. 나는 그것을 묻지 않겠다. 다만 '그대가 아직 어머니의 배 안에서 나오기 이전의 아무것도 모르고 분별하지도 못하던 때의 자신의 본래 면목[父母未生前 本來面目]에 대해서 한 마디 일러보게나' 내가 그대의 공부를 가름하려 하노라."
> 이에 향엄은 여러 가지로 대답하였으나 위산은 인정해 주지 않았다. 결국 위산에게 가르침을 간청하자, 위산은 향엄의 청을 거절하였다.
> "나의 말은 나의 견해일 뿐, 그대 스스로의 안목을 길러야 그대의 안목이 아니겠느냐?"

위산이 향엄지한에게 준 화두는 '부모미생전 본래면목'이다. 부모가 나를 낳기 전에 나의 본래 면목을 말해보라는 것이다. 위산은 향엄에게 터득한 지식을 물은 것이 아니라 깨우침의 경지를 물은 것이다. 눈과 귀로 들었거나 책을 통해 배운 것을 말하라는 것이 아니다. 그것은 또한 백장이나 위산으로부터 얻을 수 있는 것도 아니다. 위산이 얻은 본래 면목은 위산의 것일 뿐, 향엄의 것이 될 수는 없다. 그것은 '나의 말은 나의 견해일 뿐'이라는 위산의 말에 들어 있다. 그렇다면 그것은 향엄 스스로 구할 수밖에 없다.

향엄이 온갖 책을 뒤졌어도 답을 구하지 못하자 모든 책을 불살라 버렸다. 그리고 스스로 자책하기를,

"이번 생에는 불법을 배우지 못했다. 오늘날까지 나를 당할 사람이 없으리라 여겼는데, 오늘 아침 위산스님에게 한 방망이 맞고 나서 그 생각이 깨끗이 없어졌다. 이제부터 나는 그저 밥이나 먹고 살아가는 중이 되리라."

하고 향엄이 눈물을 흘리며 위산스님을 작별하고 향엄산으로 들어가 옛 혜충국사가 주석(駐錫)하던 절에서 기거했다. 어느 날 도량을 청소하다가 무심코 던진 돌이 대나무에 부딪치며 나는 '딱!!!' 소리에 깨달음을 얻고 게송을 지었다.

향엄은 온갖 책을 뒤져도 그 답을 구하지 못하자 책들을 불살라버렸다. 책에 그것이 있다면 그것은 그 저자의 본래 면목일 수는 있지만 향엄의 것은 아니다. 그래서 그는 '이번 생

에는 불법을 배우지 못했다'고 스스로 포기하고 후회한다. 그는 이전에 누구도 자신을 당할 수 없으리라고 생각하여 오만했으나 스승인 위산에게 질문을 받고 나서 그러한 생각이 모두 사라졌다. 그것은 물론 자만심이기도 하겠지만, 불법을 터득하고픈 강한 욕망도 들어있다. 향엄은 불법에 대한 자기 오만을 가졌던 것이며, 스승인 위산은 그것이 자기 기만이라는 것을 가르친 것이다. 향엄은 마침내 자신이 하잘 것 없다는 사실을 깨닫고 의기소침해져서 자기 본래의 모습으로 돌아간다. 그는 위산과 작별하고 혜충국사가 살았던 절에 가서 도량을 청소하며 지낸다.

그런데 그가 다른 사람과 달랐던 것은 이미 깨달음의 경지에 이르렀다는 점이다. 다만 기회를 얻지 못하고 계기가 없었던 것이다. 그것은 그의 무지가 어린 아이의 무지와 다른 것과 같다. 이미 상당한 앎의 경지에 다다랐으면서도 부족한 부분으로 인해 무지하다고 생각했던 것이다. 물로 치면 98℃에 이르렀지만 2℃의 부족으로 승화되지 못하고 있었던 것이다. 그러므로 그는 완전한 앎에 대한 2%의 부족을 무지로 이해했던 것이다. 위산은 그것을 일러주기 위해 다른 사람이나 책으로부터 구한 것을 묻지 않았다. 그 나머지는 스스로 구할 수밖에 없기 때문이다. 달리 위산이 가르쳐줄 수도 없었던 것이다. 스스로 채워야만 완전한 앎에 이를 수 있다. 그것은 『탈무드』에서도 말하지 않았던가. 마빈 토케어는 『탈무드』의 끝에 몇 장의 백지를 두었는데, 그 빈 공간을 자기의 것으로 채워 완성하라는 의미이다. 곧 다른 사람으로부터 배운 지식과 자신의 깨달음을 합해 『탈무드』를 완성하라는 것이다.

그래서 향엄은 다시 처음과 같은 수행 자세를 취한다. 원점에서 다시 시작한 것이다. 물을 데우는 데 98℃에서 100℃에 이르는 데는 쉽지 않다. 많은 사람들이 2℃의 부족으로 인해 수증기로 승화되지 못한다. 세상의 지식이나 선인들의 경험으로는 그 2%를 채울 수 없다. 그렇기에 보통의 승려로 남는 것이다. 향엄은 자신이 갖고 있던 모든 책을 불사름으로써 세상의 지식과 결별한다. 자신이 갖고 있던 것을 버림으로써 새로운 것을 얻을 수 있다. 곧 자신의 모든 것을 비워냄으로써 이전에 지녔던 오만과 편견에서 벗어나 자신의 본래적 면목을 찾게 된다. 이전에 가졌던 지식들은 오히려 그런 본래적 면목을 방해하는 요소들인 것이다. 모든 것을 비웠을 때 향엄은 투명한 백지의 상태가 되고 사물을 통해서 자신을 발견한다.

어느 날 향엄은 도량을 청소하다가 자신이 던진 돌(어떤 이는 '기와조각'이라고 한다)이 대나무에 부딪히며 내는 소리(擊竹聲)를 듣는다. 대나무가 돌에 부딪치자 내부의 공간이 공명(共鳴)을 일으켜 소리를 낸 것이다. 날아오는 힘과 충격이 진동과 음파로 바뀐 것이다. 위산이 향엄에게 던진 화두는 향엄이 던진 돌과 다를 바 없으며, 대나무는 소리를 내어서 본래 면목을 드러낸다.

一擊忘所知　한 번의 딱소리에 알려던 것 다 잊으니
更不假修治　수행의 힘 빌릴 일이 아니었도다.
動容揚古路　안색 움직여서 고도를 선양하여
不墮悄然機　끝내 실의에는 아니 떨어지나니
處處無蹤迹　가는 곳 어디에건 자취는 없어
聲色外威儀　성색의 밖에서 이뤄지는 행위로다.
諸方達道者　그러기에 온갖 곳 도인들 나타나서
咸言上上機　모두 다 말하네 최상의 근기라고.

향엄은 대나무가 내는 소리를 듣고 도를 깨닫는다. 그래서
「오도송(悟道頌)」이라는 시를 쓴다. 대나무의 소리가 마침내 향
엄으로 하여금 도를 깨닫게 한 것이다. 그렇다면 그 내용은
무엇인가? 향엄이 궁구한 것이 부모가 자신을 낳기 전 자신의
본래 면목인데, 그러한 도를 깨우쳤다는 말이 아닌가. 돌멩이
로 대나무를 쳐서 한번 딱 소리가 남으로 인해 알려던 바를
잊게 되니 굳이 수행의 힘을 빌릴 일이 아니었다는 것이다.
달리 노력해서 아는 것이 아니라 자연적으로 그렇게 되어감
을 노래한 것이다. 가만히 있어도 스스로 알게 됨이 아닌가.
그리고 승구(3-4행)에서 얼굴을 움직여 옛길을 펼쳐도 끝내 실
의에는 아니 떨어진다고 했다. 어떤 이는 이 구절을 '속내를
움직여 옛길을 드러내고 근심의 갈림길로 떨어지지 않도다'
로 해석했다. 옛길을 드러내고 실의에는 떨어지지 않음을 노

래했다. 전구(5-6행)는 가는 곳곳마다 자취는 없고 행위는 음성과 안색 밖에서 일어난다는 것이다. 흔적에 얽매이지 않고 심지어 육신에서 벗어나 자유롭게 되는 것을 의미한다. 마치 유유자적하는 신선과 같은 존재가 된 것이다. 마지막 결구(7-8행)는 바야흐로 도에 이른 모든 사람들이 하나같이 '최상의 근기'라고 말했다는 것이다. 대나무가 돌에 부딪혀 낸 한번의 소리가 향엄을 깨우치는 소리로 바뀌었는데, 그는 무념무상과 자유자재의 경지, 곧 중생이 교법을 받을 수 있는 최상의 능력을 부여받은 것이다. 그야말로 득도, 또는 도통의 세계를 말함이 아니던가. 결국 모든 능력은 다른 사람들의 지식이나 책을 통해서 나오는 것이 아니라 자신의 깨달음에서 온다는 것, 그것은 외부로부터 주어지는 지식 체계를 버릴 때 얻게 된다는 것을 말해준다.

10. 진정과 비로사 – 그리운 어머니!

진정은 신라시대 사람이다. 그는 가난하게 살면서도 어머니에 대한 효성이 지극했다. 그리고 자라면서 불교에 귀의하고픈 마음이 간절했다. 그러나 홀어머니를 모셔야 했다. 이런 그의 마음을 아는 그의 어머니는 진정에게 불도에 귀의하라고 했다.

진정법사(眞定法師)는 신라 사람이다. 승려가 되기 전에는 군졸이었는데, 집이 가난해서 장가를 들지 못하였다. 부역을 하면서도 품을 팔아 곡식을 얻어 홀어머니를 봉양하였다. 집안에 재산이라고는 단지 다리 부러진 솥 하나가 있을 뿐이었다.

하루는 어떤 스님이 문 앞에 이르러 절 지을 쇠붙이를 구하자 어머니는 스님에게 솥을 시주하였다. 조금 뒤에 진정이 밖에서 돌아오자 어머니는 그 사실을 말하고 아들의 뜻이 어떤지 살폈다. 진정은 기쁜 얼굴로 어머니께 말하였다.

"부처님을 위한 일에 시주하셨는데 이처럼 좋은 일이 어디 있겠습니까? 비록 솥은 없더라도 무엇을 걱정하겠습니까?"

그리고 솥 대신 질그릇으로 음식을 익혀 어머니를 봉양하였다.

일찍이 그가 군대에 있을 때 의상법사(義湘法師)가 태백
산(太白山)에서 설법을 하여 사람들에게 이로움을 준다는
말을 듣고는 곧 사모하는 마음이 일어 어머니께 말하였다.
"효도를 다한 후에는 의상법사에게 가서 머리를 깎고
도를 배우겠습니다."

『삼국유사』에는 진정의 이야기가 실려 있다. 진정의 어머
니는 불심이 깊은 사람이었다. 진정은 부역을 하면서도 품을
팔아 곡식을 마련하고 어머니를 극진히 모신 효자였다. 어머
니는 하나밖에 없는 무쇠솥마저 스님에게 시주한다. 그럼에도
불구하고 진정은 그러한 어머니의 행동에 기뻐하였다. 그리고
질그릇으로 음식을 익혀 어머니를 봉양하였다. 그가 일찍이
군역을 하고 있을 때 의상대사가 태백산에서 설법한다는 이
야기를 들었다. 진정은 의상법사에게 배우고 싶은 생각이 간
절하였지만, 어머니께 효도를 다한 후에 의상법사에게 도를
배우겠다고 말한다.

그러자 어머니께서 말씀하셨다.
"불법은 만나기 어렵고 인생은 너무도 빨리 지나가니,
효도를 다한 후라면 늦지 않겠느냐? 그러니 어찌 내가 죽
기 전에 네가 불도를 들었다는 말을 듣는 것만 같겠느냐?
주저하지 말고 서두르는 것이 좋겠다."
이에 진정이 대답하였다.

"어머님의 만년에 오직 제가 곁에 있어야 하는데, 어머님을 버리고 집을 나가 스님이 되는 것을 어찌 차마 할 수 있겠습니까?"

어머니께서 말씀하셨다.

"이 어미 때문에 네가 출가하지 못한다면, 너는 나를 지옥에 떨어지게 하는 것이다. 비록 생전에 진수성찬으로 날 봉양한다 해도 어찌 효도가 되겠느냐? 나는 비록 남의 집 문 앞에서 옷과 밥을 얻더라도 또한 천수를 누릴 것이니, 반드시 나에게 효도를 하려거든 그런 말을 말아라!"

어머니의 간곡한 말씀에 진정은 깊은 생각에 잠겼다.

어머니는 그의 말을 듣고 불법은 만나기 어렵고 인생은 너무도 빨리 지나가니, 자신이 죽기 전에 출가하는 것이 좋겠다고 한다. 진정은 어머니가 이미 늙었고 봉양할 사람도 따로 없기에, 어머니를 버리고 차마 갈 수 없노라고 한다. 진정이 효를 다한 후에 의상법사에게 가겠다는 것은 어머니가 죽은 후 불도에 귀의하겠다는 뜻이다. 생전에 어머니를 극진히 봉양하고 효를 다하겠다는 것이다. 그것은 자식으로서의 의무이다. 늙으신 어머니를 봉양하는 것은 인간으로서의 도리를 다하는 것이다. 그러나 어머니는 자식의 출가에 짐이 되는 것을 원치 않았다. 그래서 불법은 만나기 어렵고 인생은 너무 빠르니(佛法難遇 人生大速) 효를 다하고 출가하겠다는 것은 너무 늦다고 말한다. 여기에서 주희(朱熹, 1130~1200)의 「권학문」의 "소년은 늙기 쉽고 배움을 이루기는 어렵나니 짧은 시간이라도 헛되이 보내지 마라(少年易老學難成 一寸光陰不可輕)"라는 구절이 떠오른다. 이 또한 의학의 창시자 히포크라테스(Hippocrates, 기원전 460?~기원전 377?)가 "인생은 짧고 예술은 길다."고 말한 맥락과 같지 않던가. 그는 (의학적) 기술(ars)을 배우는 데는 너무나 많은 시간이 걸리는데 그러기에는 인생은 너무 짧다는 의미로 그렇게 말한 것이다. 곧 해야 할 것은 너무 많은데, 그에 비해 삶은 지나치게 짧다.

진정 역시 어머니 만년에 부양해줄 자식이 있어야 하는데 어찌 늙은 홀어머니를 두고 자신의 길을 좇겠냐고 한다. 그러자 어머니는 '나 때문에 출가하지 못한다면 나를 지옥으로 떨어지게 하는 것'이라고 단호하게 말한다. 어머니는 자신이 자식의 출가에 걸림돌이 되는 것을 원치 않았다. 그래서 출가하지 않고 아무리 진수성찬으로 봉양한다고 해도 그것은 효가 아니라고 강변한다. 자식에 대한 어머니의 애끓는 사랑을 읽을 수 있다. 진정은 자식으로서의 효를 다하려고 한다. 이것은 속인으로서의 진정의 의무이다. 그러나 진정은 어머니의 출가 권유에 깊은 생각에 잠기게 된다. 늙은 어미를 두고 출가하여 자신의 길을 가느냐? 아니면 어머니가 돌아가실 때까지 봉양한 후에 출가할 것인가?

어머니는 말씀을 마치자 즉시 일어나서 쌀자루를 털었

다. 모두 일곱 되였다. 그날 이 쌀로 모두 밥을 짓고서 어머니는 또 말씀하셨다.

"밥을 지어 먹으면서 가자면 네 길이 더딜까 두렵다. 내 보는 앞에서 한 되 밥을 먹고 나머지 여섯 되 밥을 싸 가지고 빨리 떠나거라! 어서 가거라!"

진정은 눈물을 삼키며 굳이 사양하며 말하였다.

"어머님을 버리고 스님이 되는 것만으로도 자식으로서 차마 하기 어려운 일인데, 하물며 얼마 남지 않은 간장과 며칠 치 끼니거리마저 모두 가져간다면 세상에서 저를 뭐라고 하겠습니까?"

그러면서 세 번을 사양했으나, 어머니는 세 번을 권하였다. 진정은 다시 어머니의 뜻을 어길 수 없어서 집을 떠나 밤낮으로 걸어 3일 만에 태백산(太伯山)에 도착하였다. 의상의 문하에 들어가 머리를 깎고 제자가 되었는데 진정이라는 법명을 받았다.

어머니는 최후의 양식인 쌀을 모두 털어 밥을 짓고 도시락을 싸주면서 빨리 떠나기를 권한다. 어머니의 자애가 먼저 행동으로 나아간 것이다. 진정은 '눈물을 삼키며' 차마 그럴 수 없노라고 사양한다. 그러면서 어머니를 버리고 출가하는 것만도 어려운 일이거늘 얼마 남지 않은 양식마저 모두 가져가는 것은 차마 할 수 없노라고 했다. 진정은 세 번이나 사양했으나 어머니는 세 번을 권하였다. 결국 진정은 어머니의 뜻을 거스를 수 없어 길을 떠난다. 그리고 의상대사(625~702)의 문하에 들어가 제자가 된다.

> 그곳에 있은 지 3년 후에 어머니의 부고가 이르렀다.
> 진정은 가부좌로 참선에 들어갔다가 7일 만에 일어났다.
> 어떤 사람이 이를 설명하여 말하였다.
> "추모와 지극한 슬픔을 견딜 수 없어서 참선에 들어 마음을 고요하게 해서 슬픔을 씻은 것이다."
> 어떤 사람은 말하였다.
> "참선을 통해 어머님이 환생하신 곳을 관찰한 것이다."
> 또 어떤 사람은 이렇게 말하였다.
> "이와 같이 하여 명복을 빈 것이다."

출가하고 3년이 지난 후 진정은 어머니가 돌아가셨다는 소식을 듣는다. 3년 사이의 일에 대해서는 기술되지 않았다. 진정이 얼마나 번민하며 고뇌했을까? 또한 어머니의 뜻을 이루기 위해 얼마나 열심히 정진했을까? 어머니는 진정을 보내고 얼마나 자식의 성공을 위해 축수 기도를 했을까? 또 얼마나 어려운 삶을 살았을까? 만일 진정이 어머니를 계속 모셨다면 어머니는 더 오래 사시지 않았을까? 그리고 3년을 사셨을 것 같으면 3년 후에 출가해도 늦지 않은 것이 아닐까? 3년 모신 후 출가했더라면 진정도 진정의 어머니도 더 행복하지 않았을까? 그러나 진정의 어머니는 훌륭했다. 자신의 삶보다도 자식의 삶을 생각했다. 모든 어머니가 그러한 모성을 갖고 있지 않은가? 그렇게 아들을 보내고 아마도 갖은 고생을 하다가 돌아가셨을 것이다.

한편 어머니의 부고를 들은 진정은 곧바로 가부좌로 참선에 들어갔다가 7일 만에 일어났다고 한다. 어떤 사람은 그가 슬픔을 견디지 못하고 참선을 하며 슬픔을 씻은 것이라고 했다. 또 어떤 이는 어머니가 환생한 곳을 관찰했다 하고, 또 어떤 이는 명복을 빈 것이라 했다. 진정은 어머니를 보낸 슬픔을 참선하며 견뎌낸 것이리라.

참선을 마치고 나온 뒤에 그 일을 의상대사에게 말씀드렸다. 의상은 제자들을 거느리고 소백산(小伯山) 추동(錐洞)에 가서 초가를 짓고 3,000명의 제자를 모아 화엄대전(華嚴大典)을 약 90일 동안 강론하였다. 문하생인 지통(智通)이 그 강론에 따라 요점을 간추려 2권의 책을 만들고, 『추동기(錐洞記)』라고 이름 지어 세상에 유통시켰다. 강론을 다 마치자, 그 어머니가 꿈에 나타나 말씀하셨다.
"나는 벌써 하늘나라에 환생하였다."

진정은 7일 동안의 참선을 마치고 의상대사에게 어머니의 일을 말씀드렸다. 진정의 이야기를 들은 의상은 소백산 추동에서 3천명의 제자를 모아 화엄대전을 90일 동안 강론했다고 한다. 의상대사는 진정 어머니의 큰 불심과 자식에 대한 간곡한 정의를 알고, 또한 어머니에 대한 진정의 지극한 효성에 감동하여 그녀를 위해 큰 강론을 연 것으로 보인다. 장자가 90일 동안 두문불출하며 수행했듯, 의상은 90일 동안 혼신의 힘으로 강론을 했을 것이다. 그것은 무엇보다 진정 어머니의 천도제였을 것이고, 의상과 그 제자들은 한마음으로 극락왕생을 발원하였을 것이다. 그러한 것은 마지막 구절에 잘 나타난다. 마침내 진정 어머니는 하늘나라에 환생했다는 것이다. 진정 어머니는 이승에서의 질곡과 어려움을 벗고 홀가분하게 극락왕생한 것이다. 이 구절에 이르러 더 이상의 세속적인 질문은 필요없다. 진정 어머니의 삶은 극락왕생을 통해 완성된 것이기 때문이다. 극락에 가기 위해 세속적인 고뇌와 번민은 필요했으며, 그것을 극복함으로써 참다운 극락왕생을 이룬 것이다.

한편 이때 의상대사가 강론한 소백산 추동이 지금의 비로사가 있는 곳으로 추정된다. 「비로사 사적기」에는 의상대사가 683년(신문왕 3년)에 비로사를 개창하였다고 한다. 곧 비로사의 창건에 진정의 역할이 컸다는 것이다. 진정을 위한 진정 어머니의 크나큰 자애와 어머니에 대한 진정의 극진한 효가 비로사를 창건한 동인이 된 것으로 보인다. 비로사는 그후 1592년(선조 25년) 임진왜란 때 석불상 2구만 남고 불타버린 뒤 1609

년(광해군 1년) 중건되었다. 1684년(숙종 10년) 월하가 법당과 산신각 등을 중창하였고, 1907년 범선이 요사를 증축하였지만, 1908년 또다시 법당만 남고 나머지 건물은 모두 불타버렸다고 한다. 1919년 희방사 주지 범선이 법당을 중수하였고 1927년 요사를, 1932년 다시 법당을 중수하였다. 그리고 1950년 6·25 전쟁으로 인해 피해를 입어 1955년 적광전을 중건하였으며, 이후에도 반야실, 삼성각, 나한전 등을 중수 중건하여 오늘에 이르고 있다.

만오생의 어머니는 '우금댁'(원래는 '욱금댁'이겠지만, 사람들은 발음이 편한 대로 그냥 우금댁이라 했다)이다. 그녀의 가족들은 원래 의성 탑리에 살다가 해방 직후 소백산 아래 욱금리 샘밭골에 깃들었다고 한다. 샘밭골은 비로사 바로 아래 위치한 마을이다. 그녀는 그곳에서 십대 초반을 부모님, 자매와 함께 단란하고 행복하게 살았다. 그러나 그러한 행복도 잠시였고, 아버지의 갑작스런 죽음으로 불행이 닥쳤다. 그곳에서 아버지를 여의고, 그녀의 가족은 풍기 읍내로 이사 나왔다고 한다. 젊은 날에 남편을 여읜 그녀의 어머니는 불심이 있었는데, 10리도 안 되는 절, 걸어서 채 한 시간이 걸리지 않는 비로사를 찾았을 것으로 보인다. 그녀도 비로사에 가보았을까?

그녀는 어머니와 함께 농사짓고 베를 짜며 지난한 삶을 연명했다. 6·25가 터져 언니를 잃기도 했다. 그리고 만오생의 고향인 부석면 보계리 보계실로 시집을 왔다. 그래서 우금댁이라는 택호를 얻었다. 전쟁 와중에 시집을 와서 남편을 군대에 보내고 시부모를 봉양하며 살았다. 첫아들을 두었으나 한 돌 무렵 잃었고, 둘째 딸 아이도 오래 살지 못했다고 한다. 그리고 4형제를 두었는데 첫 남매를 잃은 까닭에 모두 출생 신고가 늦어졌다. 만오생은 4형제 가운데 막내이다. 우금댁은 시부모를 잘 공양하고 섬겨 이웃 동리에도 소문이 자자했다. 그녀는 평생을 가난하게 살았지만 늘 마음만은 넉넉했고, 배고픈 사람을 위해 언제든 당신의 밥그릇을 내놓았다. 가난은 한낱 남루에 지나지 않는다고 누가 말했던가? 그러나 진정으로 가난해 본 사람은 그렇게 쉽게 말하지 않는다. 그럼에도 그녀는 이웃이나 친척들에게, 심지어 걸인이나 행자들에게도 아낌없이 베풀었다.

만오생이 어릴 적 방물장수들이 날이 저물면 만오생의 집을 찾곤 했다. 보계실은 너무 구석진 마을이라 방물장수들은 그날의 행장을 보계실에서 끝내는 모양이었다. 방물장수들이 마을에 찾아오면 어김없이 가장 볼품없고 형편없는 만오생의 집에 찾아들었다. 그러면 우금댁은 방물장수에게 저녁밥을 주고 안방에 자리를 마련해 묵어가게 했다. 또한 다음날 일찍 아침밥을 지어 먹이고, 떠날 때는 없는 살림에도 불구하고 손에 먹거리를 쥐어주었다. 밥이 없으면 고구마, 감자라도 쪄서 들려 보낸 것이다. 돈을 받는 것도 아니었다. 방물장수가 무언가 팔다 남은 물건이라도 하나 내어놓고 가려면 우금댁은 손사래를 치며 괜찮다고, 팔아서 돈이라도 하라고 애써 돌려보냈다. 그땐 어린 만오생도 이해하기 힘들었다. 왜 방물장수들은 만오생 집으로 오는지, 어머니는 왜 그들에게 마음을 다하는지, 또 걸인들이 와도 먹을 것을 내놓고 스님의 바랑도 그냥 보내지 않는지? 그때 어떤 마을에는 집에 방물장수를 재워주었더니 밤새 집안을 뒤져 귀중한 것들을 모두 가져갔더라는 이야기도 있었다. 우금댁은 초면의 그들을 어떻게 마냥 믿어주었던 것일까?

우금댁은 2004년 향년 73세로 생을 마감하였다. 그녀는 살아있을 때 가끔씩 마을 뒷산 바위 위에 묻히고 싶다고 했다. 마을을 안고 도는 산의 중앙에 위치한 그곳은 마을의 기운이 모이는 혈과 같은 장소였다. 또한 마을의 뒤안에 해당하는 곳이어서 마을 사람들 가운데 한 사람이라도 반대하면 묘를 쓸 수 없는 곳이었다. 그래서 마을 어른들한테 어렵게 말문을 열었더니 "'우금댁'이라면 당연히 써야지!" 하며 모두 찬성해줬다. 발인을 하고 그곳에 무덤을 쓰는 동안, 뒤늦게 장례 소식을 듣고 걸어서 장지에 문상을 온 사람이 적지 않았다. 우금댁보다 나이 지긋하거나 엇비슷해 보이는, 얼굴에 주름이 지고 허리도 굽어 걷기에도 불편한 사람들이 장지 밭에 설치한 임시 빈소에서 문상을 했다. 그들은 눈물을 흘리면서 일일이 상주들의 손을 잡고 조문했다. 어떤 이는 배곯을 때 쌀됫박을 주었다 하고, 어떤 이는 종자 곡식도 내주었다 하고, 어떤 이는 추운 겨울 홀로 몸 풀었을 때 물도 길어주고 땔감을 가져다 빈 솥에 죽을 한가득 끓여 놓았다 하고, 어떤 이는 무슨무슨(10여 년이 지나 지금 일일이 다 기억하지 못하지만) 도움을 받았다 하고……. 그들 가운데 인근 마을에서 온 낯익은 얼굴도 있었지만, 잘 모르는 이도 적지 않았다. 어쩌면 그 옛날 방물장수도 있었는지 모른다. 그들은 정말 4형제 상주들도 모르는 우금댁의 과거 이야기를 쏟아놓으며, 고인의 죽음을 애도했다. 누가 알랴? 우금댁의 본모습을, 자식들도 잘 모르는데. 수많은 문상객이 뒤늦게 찾아와서 망연자실하며 상주들을 위로하고 아픔을 같이 했다. 그리고 꼬깃꼬깃 접은 쌈짓돈을 내놓으며 고인의 명복을 빌어주었다. 만오생은 고인의 죽음을 슬퍼해 먼 길을 걸어와 마지막 문안을 직접 하는 그 모습에서 말할 수 없는 슬픔과 감동을 느꼈다.

고향에서 삼오제를 마쳤을 때, 우금댁의 큰 며느리이자 만오생의 큰 형수는 상주들이 모인 자리에서 우금댁이 돌아가시기 몇 달 전 남긴 말을 전했다.

나 죽거들랑 화장하고 남은 뼛조각은 빻아서 그 가루를 찹쌀밥에 이겨 덩어리를 맨들고 그것을 뒷산 바위 위에 올려 놓아다오. 새들이 와서 그것을 쪼아 먹으면 나도 새와 함께 하늘을 훨훨 날아 다닐란다.

큰 형수는 미리 얘기해선 안 될 것 같아 장례가 끝난 후에 얘기했다고 했다. 만일 장례를 치르기 전에 그 얘기를 했다면 상주들은 어떻게 하는 게 좋을지 얼마나 고뇌했을까? 어머니는 정말 세상을 자유롭게 훨훨 날아다니고 싶어서 그런 말을 하였을까? 먼 산에 벌초하기 힘들어 하는 자식들의 짐을 하나라도 덜어주고 싶었기 때문일 것이다. 우금댁은 생전에도 당신의 죽음으로 인해 주변 사람들을 힘들게 하지 말라고 당부하지 않았던가. 먼 곳에 있는 사람들에게 알려서 힘들게 찾아오게 하지 말라고. 마지막 가는 길에서도 우금댁은 남아있는 자식들을 생각하고, 행여 당신의 죽음으로 주변 사람들에게 폐 끼치게 될까 걱정했다. 그리고 죽어서도 세상을 훨훨 날아다니면서 자식들을 지켜주고 싶어서 그랬을 것이다. 우금댁의 묘소는 당신이 그렇게 바라던 마을 뒷산 바위 위에 자리하게 되었다. 비록 뼛가루가 찹쌀밥에 뭉쳐지진 않았지만, 바위 위에 흙덩이와 함께 자연으로 돌아갔다.

만오생은 어머니가 돌아가신 지 1년이 지난 한식날 마을 뒷산에 자리한 묘소에 올랐다. 무덤가에 돌을 쌓고 꽃나무를 심고 잔디를 고르는데 이미 황혼이 다가오고 있었다. 그때, 우금댁의 묘소가 그녀가 어릴 적 살았던 비로사 아래 샘밭골을 향하고 있다는 것을 알았다. 묘소에서 멀리 비로봉이 보였다. 우금댁은 진정 스님을 몰랐을지도 모른다. 우금댁의 묘소는 비로봉이 멀리 바라다 보이는, 50년의 삶을 살아온 만오생 고향 마을의 뒷산 바위 위에 자리해 있다. 태양이 비로사를 지나 비로봉을 넘을 때면 그 환한 빛을 무덤 위에 던진다.

11. 단재와 괴물 ― 거꾸로 서서 살고 지고!

신채호(1880~1936)는 한국 근대 혁명가이다. 그는 1928년 국제위체(國際爲替) 혐의로 일제에 체포되었다. 그가 체포된 후 그의 원고들은 박용태가 보관하고 있었다. 단재는 감옥에 있으면서도 자신의 원고 문제로 박용태에게 여러 차례 편지를 보냈다. 그리고 단재의 사후 그 원고들은 오리무중이 되었다.

단재 신채호의 옥중 사진

그런데 그것들이 1960년대 초 우연히 북한에서 발견되었다. 그 원고 가운데 단재의 모습을 여실히 보여주는 글이 있다. 「문예계 청년에게 참고를 구함」이라는 글이다.

어떤 조사(祖師)가 죽을 때에 그 제자들과 이렇게 문답이 되었다.

"누워 죽은 이는 있지만, 앉아 죽은 이도 있느냐?"

"있습니다."

"앉아 죽은 이는 있지만, 서서 죽은 이도 있느냐?"

"있습니다."

"바로 서서 죽은 이는 있지만, 거꾸로 서서 죽은 이는 있느냐?"

"그는 없습니다."

"그러면 나는 거꾸로 서서 죽으리라."

하고 머리를 땅에 박고 두 발로 하늘을 가리켜 거꾸로 서서 죽으니라.

김병민은 이 작품이 1923년경에 나온 것으로 추정했다. 이 글의 일부 내용이 「낭객의 신년만필」(『동아일보』, 1925.1.2)에 실린 것으로 보아 그의 추정은 어느 정도 신뢰할 만하다. 단재는 이 글에서 어떤 조사와 제자의 대화를 기술했다. 어떤 조사가 제자들에게 앉아 죽은 이도 있느냐고 물었다. 그러자 제자들이 있다고 했다. 그래서 조사는 다시 서서 죽은 이도 있느냐고 물었다. 제자들 역시 있다고 했다. 일반적으로 사람들은 누워서 죽음을 맞지만, 더러는 앉아서, 또 극히 일부이겠지만 서서 죽은 이도 있다는 것이다. 그러자 조사는 거꾸로 서서 죽은 이도 있느냐고 묻는다. 제자들은 그렇게 죽은 이는 없다고 했다. 조사는 "그러면 나는 거꾸로 서서 죽으리라."고 말한다.

단재는 조사의 입을 빌어 자신은 거꾸로 서서 죽으리라고 천명했다. 그리고 "희라! 이는 남대로 하지 않은 괴물이다."라는 말을 덧붙였다. 또한 같은 내용이 「차라리 괴물을 취하리라」에도 실렸는데, 거기에서 단재는 "이는 죽을 때까지도 남이 하는 노릇을 안 하는 괴물이라. 괴물은 괴물이 될지언정 노예는 아니 된다."라고 언급했다. 1923년 무렵 단재는 스스로 '괴물'이 되겠다는 화두를 꺼내든 것이다. 그것은 보통 사람들과는 전혀 다른 삶을 살겠다는 것이다. 단재야 말로 애국 계몽기에도 보통 사람과는 다른 죽음을 언급하지 않았던가.

이미 하늘이 정한 한 번 죽는 것이야 어찌하리오. 그런즉 반드시 죽는 나를 생각지 말고 죽지 아니하는 나를 볼지어다. 반드시 죽는 나를 보면 마침내 반드시 죽을 것이요, 죽지 아니하는 나를 보면 반드시 길이 죽지 않으리라.
비록 그러나 나의 이 의논이 어찌 철학의 공상을 의지하여 세상을 피하는 뜻을 고동함이리오. 다만 우리 중생을 불러서 본래 면목을 깨달으며, 살고 죽는 데 관계를 살피고 쾌활한 세계에 앞으로 나아가다가 저 작은 내가 칼에 죽거든 이 큰 나는 그 곁에서 조상하며, 작은 내가 탄환에 맞아 죽거든 큰 나는 그 앞에서 하례하여 나와 영원히 있음을 축하하기 위함이로다.

단재는 「대아(大我)와 소아(小我)」(1908)에서 사람들에게 대아적 삶을 이야기했다. 영웅이나 성인, 미인이나 재주꾼, 그리고 부자나 귀인도 죽음을 피할 수 없다. 단재는 이미 생명으로 태어난 이상 죽을진대 그렇다면 죽지 아니하는 나를 보라고 했다. 그리고 '본래 면목을 깨달으며, 살고 죽는 데 관계를 살피고 쾌활한 세계에 앞으로 나아가'라고 했다. '죽지 아니하는 나를 보면 반드시 길이 죽지' 않으리라는 것이다. 그리고 그는 1910년대 쓴 것으로 보이는 「아방윤리경(我邦倫理鏡)」에서 사다함의 값진 죽음을 언급했다.

> 사다함이 처음에 무관랑(武官郎)과 함께 사생을 같이 하는 친우로 될 것을 굳게 약속하였는데 무관랑이 병으로 죽게 됨에 사다함은 매우 슬퍼 울고 7일 만에 자기도 역시 죽으니 그때 나이 17세이었다 …(중략)… 사다함같이 뜻이 참되고 마음이 한결같아 그 순진한 애정 어린 손으로 동지의 허리를 끌어안고 죽음의 길을 떠난 자가 그 누구이겠는가?

사다함은 무관랑과 더불어 생사를 같이 하기로 약속했다. 그런데 무관이 죽자 사다함은 슬퍼 울다가 자신도 죽었다고 했다. 단재는 사다함이 있었기에 무관의 죽음을 더욱 값지게 평가했다. 단재는 사책에 기록이 없어 무관에 대해서 잘 모르지만, 사다함이 공을 이루고 어짊을 베푼 인물이라는 점에서 그의 지극한 벗인 무관 역시 '덕의(德義)와 지절(志節)로써 일세에 높던 인물일 것'이라고 생각했다. 또한 단재는 자신의 감회를 적은 「단아잡감록(丹兒雜感錄)」에서도 다시 사다함을 언급하며, "죽은 뒤에 천인이 그 죽음 곁에서 느끼며 만인이 그 무덤 앞에서 슬퍼함보다 생사에 서로 잊지 안할 만한 지우(至友)의 눈물 한 방울만 있으면 죽을 만하니라."라고 했다. 무관랑은 사다함과 같은 지극한 친구를 얻었으니 좋은 삶이고, 그와 더불어 죽음의 길까지 함께 했으니 이보다 값진 죽음이 어디 있겠는가?

그런데 1923년 무렵은 단재의 삶에 커다란 변곡점이었다. 그는 1922년 말 의열단장 김원봉의 요청으로 「조선혁명선언」을 기초하였다. 그것은 '거꾸로 서서 죽겠다', '괴물이 되리라'는 화두와 무관하지 않아 보인다. 그는 '남이 하는 노릇을 안 하는', 곧 남이 가는 길을 거부하고 괴물이 되겠다고 하지 않았던가.

그런즉 파괴적 정신이 곧 건설적 주장이라. 나아가면 파괴의 '칼'이 되고, 들어오면 건설의 '기(旗)'가 될지니, 파괴할 기백은 없고 건설할 치상(癡想)만 있다 하면 5백 년을 경과하여도 혁명의 꿈도 꾸어 보지 못할지니라. 이제 파괴와 건설이 하나요 둘이 아닌 줄 알진대, 민중적 파괴 앞에는 반드시 민중적 건설이 있는 줄 알진대, 현재 조선 민중은 오직 민중적 폭력으로 신조선 건설의 장애인 강도 일본 세력을 파괴할 것뿐인 줄을 알진대, 조선 민중이 한편이 되고 일본 강도가 한편이 되어, 네가 망하지 아니하면 내가 망하게 된 '외나무다리 위'에 선 줄을 알진대, 우리 2천만 민중은 일치로 폭력 파괴의 길로 나아갈지니라.

단재는 「조선혁명선언」(1923)에서 '나아가면 파괴의 '칼'이 되고, 들어오면 건설의 '기(旗)'가 될' 것이라 했다. 그러므로 "'이족 통치의', '약탈 제도의', '사회적 불평균의', '노예적 문화 사상의' 현상을 타파"하고 "'고유적 조선의', '자유적 조선 민중의', '민중적 경제의', '민중적 사회의', '민중적 문화의' 조선을 건설"하자고 했다. 파괴를 통한 건설을 주장한 것이다. 건설에는 파괴가 필요하며, 그러므로 건설하려면 파괴부터 해야 한다는 것이다. 그는 조선의 민중에게 망설이지 말고 파괴와 폭력의 길로 함께 나아가자고 권유했다. 암살, 파괴, 폭동 등의 폭력을 유일 무기로 삼는 민중 직접혁명을 선언한 것이다. 단재가 제시한 민중 혁명은 거꾸로 서서 죽는 것과 다를 바 없다. 그것은 앉아서 죽기를 기다리지 않고, 노예로 살기를 거부하고 맞서 싸우는 것이다.

단재의 삶에서 그가 국제 위체 사건에 가담하였다가 체포된 것이 쉽사리 이해되지 않는다. 물론 '거꾸로 서서 죽으리라', '앉은뱅이로 죽지 않으리라', '괴물이 되리라'는 말에 일말의 단서가 보이지만 그래도 충분하지 않다. 과연 1928년 그해에 무슨 일이 있었던가?

신년이 왔다. 무진(戊辰)이라 이름하는 신년이 왔다. 무엇으로 신년을 맞이할까? 나에게는 떡국도 없다. 딱총도 없다. 무엇으로 신년을 맞이할까? 미신의 동무야! 입 벌려라. 비결가의 예언으로나 신년 무진을 맞이하자.

단재는 1928년 무진년을 맞아 「예언가가 본 무진」이라는 글을 발표했다. 이 글에서 그는 "비결가(秘訣家)의 예언(豫言)으로나 신년(新年) 무진(戊辰)을 맞이하자."고 하였다. 그가 무진년 새해를 상당히 설렌 마음으로 맞이했음을 알 수 있다. 그렇다면 비결가의 예언이란 무엇인가?

진사성인출(辰巳聖人出)은 궁예 왕건 이태조 등 이미 경험한 사실로 보면, 『한자옥편』에 말한 바 같은 성인이 무진 기사 년간에 투태(投胎) 혹 탄생한다는 말이 아니라, 곧 신운명을 개척하는 중심 사업이 무진 기사로써 된단 말이니, 이 말이 반드시 고성상가(古星相家)의 누대 경험에서 나온 말인즉 나는 얼마큼 이 말을 신인(信認)하려 한다.

단재는 무진년에 '진사성인출'을 기대했다. 그는 위 글에서 '진사'와 '성인'의 의미를 집중적으로 분석했다. 그는 '진사'가 '무진년'과 '기사년' 양년을 가리키며, '성인'은 궁예 왕건 이성계 정여립 등과 같은 인물을 말한다고 풀이했다. 그러므로 무진 기사년에 궁예나 왕건, 그리고 이태조와 같은 인물이 나

타나 새로운 나라를 건설하거나 정여립과 같은 사람이 나타
나 혁명을 일으키리라는 것이다. 단재는 1928년이 "조선의 신
운명을 개척하는 길년(吉年)"이며, "새로운 운명을 개척하는 중
심 사업"이 이뤄질 것이라 했다. 그렇다면 '신운명'은 무엇이
며, 그것을 개척하는 '중심 사업'은 무엇인가? 이를 더 구체적
으로 확인하기 위해 단재가 같은 해 쓴 또 다른 글「선언문」
을 참조할 필요가 있다.

> 아, 잔학(殘虐)·음참(陰慘)·부덕한 야수적 강도! 강도적
> 야수! 이 야수의 유린 밑에서 고통과 비참을 받아 오는
> 우리 민중도 참다 못하여, 견디다 못하여, 이에 저 야수
> 들을 퇴치하려는, 박멸하려는, 재래의 정치며, 법률이며,
> 도덕이며, 윤리며, 기타 일체 문구(文具)를 부인하자는 군
> 대며, 경찰이며, 황실이며, 정부며, 은행이며, 사회며, 기
> 타 모든 세력을 파괴하자는 분노적 절규 '혁명'이라는 소
> 리가 대지상(大地上) 일반의 이막(耳膜)을 울리었다.

이 글은 동방무정부주의연맹의 선언서로 알려져 있다. 단
재는 이「선언」에서 '혁명'의 소리가 사람들의 고막을 울리었
다고 했다. 그것은 제국주의의 유린과 고통을 박멸하고, "재
래의 정치며 법률이며 도덕이며 윤리이며 기타 일체 문구(文
具)를 부인하자는 군대며, 경찰이며, 황실이며, 정부며, 은행이

며, 사회며, 기타 모든 세력을 파괴하자"고 하는 분노적 절규라는 것이다. 그것은 제국주의 기관에 대한 파괴의 선언이며, 민중 혁명의 선언이다. 단재가 1920년대 초에 쓴 것으로 추정되는 「1월 28일」에서 "열 해를 갈고 나니 / 칼날은 푸르다마는 / 쓸 곳을 모르겠다 / …(중략)… / 푸른 날이 쓸데없으니 / 칼아 나는 너를 위하여 우노라."라고 하였는데, 그는 혁명을 고대하며 칼날을 갈아오지 않았던가. 아울러 그는 「조선혁명선언」(1923)에서 민중 직접 혁명을 외쳤던 것이다. 그리고 마침내 1928년 단재는 스스로 야수와 민중 사이에 대결을 선언했다.

　　저들의 세력은 우리 대다수 민중의 용허(容許)에 의하여 존재하는 것인즉, 우리 대다수 민중이 부인하며 파괴하는 날이 곧 저들이 그 존재를 잃는 날이며, 저들의 존재를 잃는 날이 곧 우리 민중이 열망하는 자유 평등의 생존을 얻어 무산계급의 진정한 해방을 이루는 날이다. 곧 개선의 날이니, 우리 민중의 생존할 길이 여기 이 혁명에 있을 뿐이다.

단재는 제국주의 세력을 부인하며 파괴하는 날이 민중이 자유와 평등을 얻는 날이며, 또한 '무산계급의 진정한 해방을 이루는 날'이라고 강조했다. 그리고 그는 무산 민중의 생존을 위해서는 오로지 '혁명'이 필요하다고 했다. 이를 통해 「예언가가 본 무진」에서 말한 '신운명'은 조선 '무산계급의 진정한 해방'을, 그 '중심 사업'은 '혁명'을 뜻하는 것임을 짐작할 수 있다.

단재는 1928년을 '조선의 성년(聖年)'으로 믿고 혁명에 나섰다. 그는 '민중의 생존할 길이 여기 이 혁명'에 있다고 생각하고, 먼저 혁명에 필요한 자금을 조달하기 위해 국제 위체에 가담했다. 그러나 그해 5월 대만 기륭우편국에서 위조 외국환을 현금으로 인출하려다가 일제 경찰(興世山)에게 체포된다. 그는 앉아서 죽으려 하지도 않고, 서서 죽으려 하지도 않고, 거꾸로 서서 죽으려 했다. 그는 조선 무산 민중의 해방을 위해 직접 나섰지만, 그의 혁명의 시도는 좌절된다. 그는 대련으로 이송되어 대련법정에서 10년형을 선고받고 여순감옥에서 옥살이를 했다. 그는 감옥에서도 시간을 헛되이 보내지 않으려고 애썼다.

될 수 있는 대로 책을 봅니다. 노역에 종사하여서 시간은 없지만은 한 10분씩 쉬는 동안에 될 수 있는 대로 귀중한 시간을 그대로 보내기 아까워서 조금씩이라도 책 보는 데 힘씁니다.

단재는 감옥에서 노역에 종사하면서도 쉬는 10분 동안 책을 보았다. 그는 자신을 면회하러 온 조선일보 기자 신영우에게 『국조보감』, 『조야집요(朝野輯要)』 등의 역사서와 에스페란토 원문 책과 사전을 차입하여 달라고 했다. 그는 감옥에서도 역사 연구와 저술을 하려고 했다. 행덕추수(幸德秋水, 1871~1911)는 감방에서 『기독말살론』을 썼고, 로자 룩셈부르크(1871~1919) 역시 감옥에서 『러시아혁명』을 집필하지 않았던가. 그리하여 『기독말살론』은 행덕추수가 사형된 지 한달 만에, 그리고 『러시아혁명』은 로자 룩셈부르크가 피살된 지 3년 만에 출간(1922)되지 않았던가.

단재가 홍명희에게 보낸 편지에 "지금에 가장 애석하는 두 개의 복고(服藁) 『대가야천국고(大伽倻遷國考)』, 『정인홍공약전(鄭仁弘公略傳)』이 있으나 이것들은 아우(弟)와 한가지 땅속의 물건(物)이 되고 마는지도 모르겠습니다."라고 했다. 『대가야천국고』와 『정인홍공약전』이 모두 구상되어 있다는 말이다. 단재 역시 감옥에서도 계속 집필을 이어가려 했으나 일제는 허용하지 않았다. 단재는 1936년 2월 여순감옥에서 자신의 꿈도 이루지 못한 채 죽음을 맞이했다. 결국 단재의 말처럼 두 원고는 그의 죽음과 함께 묻히고 말았다.

단재가 죽다니. 죽고 사는 것이 어떠한 큰일인데 기별도 미리 안하고 슬그머니 죽는 법이 있는가. 죽지 못한다. 죽지 못한다. 나만 사람이라도 단재가 지기(知己)로 허락하

고 사랑하는 터이니 죽지 못한다. 말리면 죽을 리 만무하
다. 그런데 죽다니. 무슨 소린고. 세상 사람이 다 죽었다고
떠들더라도 나는 죽지 않았거니 믿고 싶다. 만나볼 수 있
는 곳에 있어서도 보지 못하고 지냈으니 만나볼 수 없는
곳으로 가서 다시 보지 못하려니 생각하면 고만이다.

홍명희는 단재의 죽음을 누구보다 슬퍼하고 안타까워했다.
그는 단재를 차마 보낼 수 없어 "죽지 못한다."고 했다. 자신
과 같은 사람을 지기(知己)로 허락하고 사랑하는데 죽어서는
안 된다는 것이다. 그래서 "세상 사람이 다 죽었다고 떠들더
라도 나는 죽지 않았거니 믿고 싶다."고 했다. 그는 "만나볼
수 있는 곳에 있어서도 보지 못하고 지냈으니 만나볼 수 없는
곳으로 가서 다시 보지 못하려니 생각하면 고만"이라고 억지
를 부리며, 자기 위로를 하기도 했다. 단재의 죽음을 인정할
수 없고, 인정하고 싶지 않은 절절한 마음을 드러낸 것이다.
그리고 "살아서 귀신이 되는 사람이 허다한데 단재는 살아서
도 사람이고 죽어서도 사람"이라고 했다. 무관이 지우 사다함
을 얻은 것처럼 단재는 지우 홍명희를 얻은 것이 아니겠는가?
"신체는 재가 되더라도 심장이야 철석과 같거니 재가 될 리"
없고, 또한 "그 기개 그 학식을 무슨 불이 태워서 재가 될까?"
라는 홍명희의 말처럼 단재의 사상과 학문은 꺼지지 않고 여
전히 살아있다. 단재는 '거꾸로 서서', 사람들이 '생각하지 못

한 일을 하다 죽은' 괴물이지만, 오늘날에도 그의 학문을 아끼고 그의 정신을 본받으려는 사람들이 많은 것을 보면 그는 대아적 삶을 산 것이 분명하다. 거꾸로 서서 죽으리라 하던 단재는 오히려 죽어서도 살아 있다.

12. 만오와 별의 노래 — 너는 어떻게 죽으려 하느냐?

만오생(晚悟, 滿梧生)은 한국 근대문학 연구자이다. 만오는 소백산 자락에 위치한 작은 시골마을에서 태어났다. 그곳이 영주 부석면 보계리 보계실이다. 산골 마을, 첩첩 산중이다 보니 문명과는 거리가 있었고, 그래서 일찍부터 자연과 더불어 지냈다. 만오는 어릴 적 하늘 가득 쏟아 부은 듯한 별을 보며 자랐다. 특히 여름밤의 별은 장관이었다. 마당에 멍석을 깔고 하늘을 바라보면 은하수가 흘러가고, 수많은 별들이 쏟아질 듯 가까이 왔다가 다시 멀어졌다. 별과 달은 흘러가는 시간이었고, 멀리 우리와는 다른 세상이 있음을 알려주는 증표였다. 가끔씩 떨어지는 별똥별을 보며, 만오 역시 산을 넘고 물을 건너면 떨어진 운석을 찾을 것만 같았다. 무지개를 찾아 떠난 소년처럼 만오 역시 별똥별을 주우러 먼 길을 떠나고 싶었다.

만오생은 6살적인가에 처음 버스를 타고 풍기에 있는 외가에 갔다. 그런데 저녁에 마당에 나오니 달과 별이 거기까지 따라와 있는 것을 보고 놀라지 않을 수 없었다. 그러나 전등불과 기차의 경적 소리 때문에 밤하늘의 별은 많이 멀어지고 있었다. 다음 날 아침 일찍 혼자 외갓집을 나온 탓에 집도 길도 잃어버렸다. 하루 종일 헤매다가 그날 밤 자정이 되어서야 순경들에 의해 외가로 돌아왔다. 그날 밤의 별은 길을 잃고 헤매는 만오와 동행했다.

계절이 지나가는 하늘에는
가을로 가득 차 있습니다.

나는 아무 걱정도 없이
가을 속의 별들을 다 헤일 듯합니다.

가슴 속에 하나 둘 새겨지는 별을
이제 다 못 헤는 것은
쉬이 아침이 오는 까닭이요,

내일 밤이 남은 까닭이요,
아직 나의 청춘이 다하지 않은 까닭입니다.

별 하나에 추억과
별 하나에 사랑과
별 하나에 쓸쓸함과
별 하나에 동경과
별 하나에 시와
별 하나에 어머니, 어머니.

어머님, 나는 별 하나에 아름다운 말 한 마디씩 불러
봅니다.
도데의 별 생텍쥐베리의 어린 왕자의 별,

나는 무엇인지 그리워

이 많은 별빛이 내린 언덕 위에

내 이름자를 써 보고,

흙으로 덮어 버리었습니다.

　만오생은 10대 초반부터 여름 방학이 되면 산이나 들판에
소를 풀어놓고 풀을 뜯기면서 많은 문학 작품을 읽었다. 윤동
주(1917~1945)의 「별을 헤는 밤」을 보았을 때 별을 노래하는
또 다른 사람이 있다는 것이 마냥 신기했다. 별 하나에 추억
과 별 하나에 사랑과 별 하나에 쓸쓸함……, 그리고 외가에
갔다가 길을 잃고 밤하늘의 별을 보며 무수히 되뇌었던 ‘별
하나에 어머니, 어머니’. “별을 노래하는 마음으로 모든 죽어
가는 것을 사랑해야지 / 그리고 나한테 주어진 길을 걸어가야
겠다.”라고 노래했던 시인 윤동주, 그가 일본 감옥에서 옥사
를 당했다는 사실을 알고는 너무 슬프고 화가 났다. 또한 생
텍쥐페리의 『어린 왕자』를 읽고 만오가 꿈꾸었던 혹성 세계
를 만나 무척 기뻤다. 그래서 만오도 시와 산문들을 끄적거
리기 시작했다. 그 무렵 에드거 앨런 포나 코난 도일의 추리
소설, 세계명작이나 한국단편소설전집 등도 읽었다. 거기에
는 『노인과 바다』, 『백경』, 『부활』, 『죄와 벌』 등 서양 고전들
도 있었다. 그 가운데 김동리의 「무녀도」와 이상의 「날개」,
호손의 「큰 바위 얼굴」과 헤밍웨이의 『노인과 바다』 같은 작

품들은 잊을 수 없다. 만오는 밤에는 별들과의 무수한 속삭임으로, 낮에는 자연의 꽃들과 벌레들을 마주하며 문학 작품을 읽는 즐거움으로 풍성한 나날을 보냈다. 그러한 생활은 중학교를 졸업하고 대처로 나올 때까지 계속되었다.

대학 2학년(1983) 시절 만오생은 야간 학교 교사로 학생들을 가르쳤다. 하루는 학생들과 교사들이 바닷가로 야유회를 갔다가 저녁 늦게 돌아와 학습관에서 자게 되었다. 그런데 이런 저런 생각으로 잠을 이룰 수 없었다. 그날 만오는 창문으로 밤하늘을 망연히 바라봤다. 캄캄하던 하늘에 별들이 길을 따라 흘러갔다. 많은 별들이 하늘 가득 빛을 발하다가 서서히 밀려나고 차츰 동쪽 하늘이 훤히 열리면서 아침 해가 솟아오르는 것을 보았다. 만오는 그때 문학이든 학문이든 무언가 해야겠다고 생각했다. 이듬해 가을 휴학을 하고 창작과 더불어 대학원 진학에 필요한 어학과 한문 공부를 했다. 추운 겨울을 보내고 새학기를 시작하면서 창작은 당분간 유예하고 우선 공부에 힘써야겠다고 마음을 굳혔다. 그리고 대학원에 진학하여 학문의 길로 나섰다.

만오생은 석사학위를 받고 군대 문제를 해결하기 위해 석사장교 시험을 봤다. 그러나 합격자 발표 당일 발표 10분 전에 합격자 명단이 뒤바뀌는 바람에 졸지에 합격자에서 불합격자로 밀려났다. 그래서 이듬해(1990) 3월 늦은 나이에 사병으로 입대했다. 최전방 사단에서 심리전병으로 근무했는데,

13개월을 넘기고 반환점을 돌아 군생활이 편해지자, 매너리즘에 빠지기 시작했다. 어느 날 휴가를 나왔다가 'evening'이라는 단어를 보고 저게 무슨 뜻이지? 언뜻 생각이 나지 않았다. 군대의 일상에 젖어 만오의 머리는 어느 새 하얀 백지가 되어가고 있었던 것이다. 그러던 어느 날이었다. 그날도 저녁을 먹고 상황을 보러 처부에 올라가 이런저런 일로 시간을 보내다가 밤늦게 내려왔다. 숙소로 내려오면서 안개인지 구름인지에 싸여 몽롱한 별을 넋을 잃고 바라보았다. 그날은 뒤척이다가 잠이 들었다. 그런데 새벽녘 비몽사몽간의 일이었다. 만오는 거울을 보고 있었다. 거울 속에는 만오를 꼭 닮은 또 다른 만오가 있었다. 머리는 하얗게 새었고, 얼굴에는 주름이 가득하며, 허리도 조금 구부정한, 60이나 70살 정도에 이른, 그러므로 30~40년은 더 산 만오의 모습이었다. 거울 속 만오는 만오에게 물었다.

너는 이제까지 무얼 하며 살았느냐?

만오생은 아무런 답을 하지 못했다. 분명 무엇을 하고 살았다고, 무엇을 했노라고 말하고 싶었지만 말할 수 없었다. 거울 밖의 만오는 30여 년을 뛰어넘어 아무것도 이뤄놓은 것이 없는 모습이었다. 그런데 거울 속의 만오는 '너는 이제까지 무얼 하며 살았으며, 해놓은 게 무엇이냐?'고 묻는 것이었다.

마치 이후 30년을 아무것도 하지 않아 만오에게는 이렇다 할 내세울 만한 것이 아무것도 없는 상황으로 생각되었다. 만오는 한동안 뻣뻣해진 몸을 제대로 펼 수 없었다. 이제까지 무얼 하며 살아왔는가? 아무 보람도 없이 여기저기 배설이나 하고 쓰레기나 보태며 산 것이 아닐까? 그것은 매너리즘에 빠져 스스로 황폐화되어 가는 것도 모르고 살아가는 만오의 삶에 커다란 충격을 주었다.

그날 이후 만오생은 새롭게 삶을 시작했다. 현재처럼 삶을 탕진해서는 안 된다고 생각했다. 만오는 다시 책을 들고 영어와 중국어 번역을 하며 컴퓨터도 익혔다. 너는 무엇을 하며 살아왔는가? 만일 저승 세계를 지키는 수문장이나 저승사자가 그렇게 묻는다면 만오는 무엇이라고 말할까? 무엇이라도 해야 했기에 스스로를 다그치고 일깨웠다. 만오는 제대를 하고 나서 재수와 삼수를 거쳐 네 번의 입시 끝에 박사과정에 입학(1995)할 수 있었다. 그리고 6학기째 박사 논문을 쓰고 지방의 한 사립대학에 근무하게 되었다. 그리고 3년 뒤인 2001년 지방 거점 국립대학에 자리를 잡았다. 만오에게 시련은 연단을 가져왔고, 연단은 선금술(選金術)을 만들어냈다. (여기에서 선금술이란 모래에서 사금을 찾듯 실증적 방법을 통해 자료를 찾아내서 가치를 부여하는 것으로, 『신채호문학연구초』에서 정초한 연구 방법론이다.)

2004년 그해는 왠지 힘들었다. 여러 가지 안 풀리는 일들이 산재하고, 또한 만오생의 어머니 우금댁도 세상을 떠났다. 만오는 왜 힘든지도 잘 몰랐다. 글로벌챌린저 프로그램의 인솔자로 학생들과 호주에 갔다. 그들과 시드니에서 며칠을 함께 보낸 후 귀국 직전에 만나기로 하고, 만오는 앨리스스프링스행 비행기에 올랐다. 울루루에 가고 싶었다. (울루루를 달리 '에어즈록'이라고 부르는데, 이는 호주 초대 수상인 헨리 에어즈(Henry Ayers)의 이름을 본떠 지은 것이다.) 그곳이 에버리진(Aborigine), 아니 쿠리(Koories)의 성소였기 때문이다. (울루루의 원주민은 원래 '쿠리'이며, '에버리진'은 영국인들이 만들어낸 표현이라고 한다.) 쿠리의 신을 만나고 싶었다. 앨리스스프링스에 도착하여 숙소를 '멜랑카'로 잡았다. 다음날 새벽 5시경 밤하늘의 별을 보며 버스에 올랐다. 짐칸에 짐을 싣고 모두 22명이 버스를 탔다. 소형 전세 버스는 짐칸을 달고 사막을 달렸다. 컴컴한 새벽에 출발하여 사막을 달리면서 만오는 밤하늘의 별이 천천히 사라지고 아침 해가 뜨는 것을 볼 수 있었다. 버스를 타고 가면서 얼핏 잠결에 어머니를 만났다. 가만히 생각해보니 돌아가신 지 100일 정도 되었던 것 같다. 만오는 눈물이 왈칵 쏟아졌다. 그리고 왜 그렇게 힘들어하고 어려워했는지 비로소 알 것 같았다. 어머니가 돌아가시고 만오는 이제 자신을 지켜주는 이 없이 광야에 홀로 나서야 한다는 것을 알았다. 어머니, 아 나의 어머니……. 그렇지만 장례를 마치고 여러 일들로 어머니를 잠시 생각지 못하고 있었다. 그러나 만오는 어머니를 그렇게 쉽게 잊을 수도, 지울 수도 없었다.

그날 만오생 일행은 킹즈케니언을 구경하고 울루루로 향했다. 가다가 이미 밤이 되었고, 버스는 깜깜한 밤길을 헤치고 어느 야영지에 멈췄다. 그곳에서 버스 기사는 준비해온 음식물을 내렸다. 일행 모두 나서서 음식을 함께 만들었다. 모닥불을 피우고 담소를 나누며 음식을 먹고 술도 마셨다. 그리고 즐겁게 놀다가 모닥불 주위에 침낭을 깔고 그 속에서 잠을 잤다. 만오는 주변에 있는 작은 막사에서 잠을 청했다. 만오가 묵던 막사 주변은 바로 사막이었다. 자다가 배가 아파 바깥에 나왔다. 잠을 청하기 전 화장실을 물어두었지만, 그곳을 찾을 수 없었다. 가르쳐준 대로 가도 다른 야영팀들이 머무는 곳이었고, 돌아다니다가 잠자던 막사를 잃어버릴까 싶어 되돌아왔다. 어쩔 수 없이 막사 옆 작은 나무들 사이에 볼일을 볼 수밖에 없었다. 그리고 흙으로 덮고 하늘을 보았다. 무수한 별들이 캄캄한 밤하늘을 밝히고 있었다. 거기에는 만오가 어릴 적 보았던 은하수도 볼 수 있었다. 정말 굵고 아름다운 별들이 쏟아지고 있었다.

다음날 아침 만오생은 울루루를 보기 위해 다시 버스를 탔다. 그런데 버스를 타고 야영지를 돌아 나오자 어슴프레한 바위산 울루루가 거기 있었다. 만오는 떠오르는 해에 비친 울루루를 보았다. 에어즈록은 아름답고 장엄했다. 그것은 보통의 바위가 아니라 성소였다. 사람의 해골 모양을 닮은 것도 있고, 벌린 입안과 비슷한 모습도 있고…… 햇빛에 반사된 울루루는 신비하기 그지없는 광경이었다.

새벽해가 비친 울루루

아, 내가 찾으려던 울루루에 왔구나! 만오생은 그렇게 생각했다. 만오는 바로 이 신성한 곳, 아니 쿠리의 신을 보기 위해 이곳에 왔던 것이다. 에어즈록에는 사람들이 오를 수 있는 등반로를 만들어두었다. 만오가 도착한 날은 바람이 조금 불었는데 여행 안내자는 위험하다며 에어즈록에 오르지 말라고 했다. 올라도 된다면 만오도 오르고 싶었을 터인데, 만오는 오히려 다행이라고 생각했다. 그곳은 일반적인 바위산(에어즈록)이 아니라 거룩한 성소(울루루)였기 때문이다. 사람들이 무작정 정복해야 할 산이 아니라 함부로 짓밟아서는 안 될 성스러운 바위산이 아니던가? 여행 안내자는 울루루의 돌을 기념으로 가져가지 말라고 했다. 돌을 가져갔던 사람들이 안 좋은 일이 생겨 다시 호주로 보내온 것을 쌓아놓은 것이 조그만 산을 이뤘다고 했다. 원주민의 성소가 다른 사람들에게 정복의 대상이 되어서도, 기념을 위해 훼손되어서도 안 된다. 그곳을 구경한 뒤 차를 타고 돌아 나와 울루루가 잘 보여 사진 찍기 좋은 곳에 도착했다. 사람들은 울루루와 자신의 모습을 담느라 여념이 없었다. 만오도 일행에게 카메라 셔터 버튼을 눌러 달라고 부탁했지만 그들은 고개를 갸웃거렸다. 저장 공간이 없다는 것이다. 몇 장을 지워도 똑같은 메시지만 떴다. 여러 장을 지우면서 몇 사람한테 부탁했지만 끝내 제대로 찍지 못하고 버스에 올라야 했다. 그랬다. 울루루는 함부로 자신에게 접근하는 것을 허락하지 않았다. 만오는 사진 찍으려던 그곳이 전날밤 머물렀던 야영지 근처라는 것을 알고는 놀랐다. 울루루에 와 있으면서 울루루를 찾았다니…… 아, 그런데 만오는 이렇게 성스러운 곳에 가장 오예(汚穢)한 짓을 했다. 그곳이 울루루인지 몰랐기 때문이다.

너는 무엇을 찾아 이 먼 곳까지 왔느냐?
내가 찾는 것은 바로 내 안에 있다!

만오는 쿠리의 신을 찾으려 했다. 그런데 울루루에 있으면서 울루루를 찾고 있었던 것이다. 만오에게 사막이라고 여겼던 황량한 땅이 바로 울루루였다. 마치 울루루는 '너는 무엇을 찾아 이 먼 곳까지 왔느냐?'고 묻는 듯했다. 그리고 '네가 어젯밤 내 안에 있으면서 나를 그렇게 찾으려 하다니, 네가 찾는 것은?'이라고 되묻는 것만 같았다. 바로 그때 울루루는 황홀한 빛을 던졌다. '네가 찾는 것은 바로 네 안에 있다!' 그렇다. 만오에게도 황홀한 서광이 불현듯 머리를 스치며 지나갔다. 내가 찾는 것은 바로 내 안에 있다! 만오는 쿠리의 신을 찾아 울루루에 갔지만, 그곳에서 나 자신을 찾았다. 돌아오는 버스 안에서 언뜻 원효가 생각났다. 원효의 깨달음도 이런 것이었을까?

2008년 한 해 동안 만오생은 미국 버클리에 머물렀다. 1월에 출국하여 버클리대 동아시아도서관에 자리잡고 처음 몇 달은 비교적 평온하게 지냈다. 4월 버클리에 연수를 온 한 언론사 기자가 칸쿤을 다녀와서 그곳에 꼭 가보라고 했다. 만오는 여름 방학이 지나면 곧 가려고 했는데, 환율이 폭등했다. 출국 당시 930원이던 환율은 가을에 접어들면서 1600원 가까이 오르는 등 요동을 쳤다. 안정되면 가려고 했지만 한번 오른 환율은 내릴 줄을 몰랐다. 하버드대학에도 가야 했다. 11월이 되어 힘들고 어려운 여정이었지만, 어쩔 수 없이 하버드와 칸쿤을 한꺼번에 방문하기로 여행사에 예약을 했다. 치첸이트사를 포기할 수는 없었다. 11월 말 만오는 하버드대학에 며칠 머물며 옌칭도서관에서 자료를 찾고, 옌칭연구소에서 열리는 발표회도 참석하였다. 그리고 그곳에서 바로 칸쿤으로 향했다. 만오 혼자만의 여행인 데다가 스페인어는 전혀 못했다. 그런데 칸쿤 공항에 도착하자 공항에 나오기로 한 현지 여행사 직원이 제때 나오지 않아 힘들게 했다. 알고 보니 여행 일정에 문제가 생겼다. 그의 안내로 일단 칸쿤의 화려한 바닷가 그랜드 코코베이 호텔에 갔다. 호텔 안내 프런트에서 여행사로 연락하여 우여곡절 끝에 여정을 분명히 했다. 언어도 낯선 이국땅에서 혼자 여행하기란 쉽지 않았다. 그래도 만오는 마야의 신성한 유적 치첸이트사를 보고 싶었다. 다음날 만오는 호텔 셔틀을 타고 이동하여 다시 큰 버스를 갈아타고 칸쿤의 유적지로 향했다.

쿠쿨칸 피라미드 앞에서 필자

만오생은 치첸이트사로 가는 길에서 그곳 원주민들이 닭이나 염소를 키우고, 아이들은 벌거벗은 채 땔감을 하고, 또 수십 명의 원주민이 트럭 짐칸에 타고 가는 고단한 삶을 보았다. 한때 전성기에는 웅장하고 화려한 문명를 꽃피운 그들이 아닌가? 그들을 보며 마음은 온통 그들의 선조들이 세운 유적에 가 있었다. 치첸이트사의 유적을 보아야 했다. 특히 쿠쿨칸 피라미드를 보고 싶었다. (정복자인 에스파냐 사람들은 이 피라미드를 요새를 뜻하는 '엘 카스티요'라고 불렀다.) 피라미드 정상에는 '쿠쿨칸 신전'이 있다고 했다. 마야인의 신을 만나고 싶었다. 그러나 치첸이트사를 보러 가는 길은 험난했다. 그래도 어려운 상황에서도 '너 자신을 믿으라, 모든 건 이겨 낼 수 있다'는 자신감과 모험에서 오는 희열을 느낄 수 있었다. 치첸이트사 유적 가운데 365개의 계단으로 이뤄진 쿠쿨칸 피라미드를 보았다. 그것은 또 다른 피라미드였다. 피라미드는 대부분 죽은 자의 세계와 관련이 있지 않은가? 그러나 그것은 무덤 같지는 않았다. 마야인의 달력이라는 설이 있고, 경기장 또는 천문대라는 설도 있지만, 혹자는 제단(祭壇)일 가능성이 있다고 했다. 천문대라면 우리나라 경주의 첨성대처럼 밤하늘의 별을 통해 천문과 지리를 탐구하던 곳이 아닌가. 밤에 볼 수 없어 아쉬웠지만, 하늘 더 가까이에 올라 별을 보며, 천체 운행의 원리를 알아내려고 한 마야인들의 숨결이 느껴지는 듯했다. 그날 칸쿤의 다른 유적지도 구경을 하고 저녁 늦게 숙소에 도착했다.

그리고 다음날 만오생은 아침을 먹고 칸쿤 공항으로 갔다. 거기에서 비행기를 타고 미국 피닉스 공항을 경유했다. 비행기의 짐에 문제가 생겨 간신히 오클랜드행 비행기를 탈 수 있었다. 비행기는 저녁 9시 반경에 이륙했다. 비행기 안에서 비로소 긴장이 풀리고 여유를 찾을 수 있었다. 환율 문제만 아니었어도 시간을 갖고 여행을 할 수 있을 텐데…… 옌칭도서관에서도 천천히 자료를 찾고, 치첸이트사도 가족과 함께 느긋하게 구경할 수 있을 텐데…… 짧은 시간에, 그것도 혼자 모든 것을 해결할 수밖에 없게 되었으니…… 또한 짐 하나 부치면 20달러(?)를 내야 하기에 비행기 안에 들고 들어가야 하다니…… 자신이 한심스러웠다. 만오는 한편으론 초라해지는 자신과 또 한편으로는 그래도 간신히 모든 일정을 마무리했다는 안도감을 동시에 느꼈다. 그리고 '나는 이제 무얼 어떻게 하며 살아갈 것인가?', '나는 무엇인가?' 등 갈피 없는 생각에 빠져들었다. 그런 생각을 하며 만오가 창밖으로 하염없이 눈을 던지고 있을 때 우연히 정말 아름다운 별똥별 하나가 화려한 빛꼬리를 남기며 장렬하게 사라지는 것을 보았다. 별똥별은 수명을 다한 별이 아닐까? 그런데 저렇게 장렬하게 산화하다니……? 끝이 아름다운 것이 정말 아름다운 것이다. 만오는 너무나 황홀해서 보기만 하고 주머니에 든 카메라도 생각하지 못했다. 너무 짧은 순간이어서 찍고 싶어도 그렇게 하지 못했을 것이다. 영롱한 빛을 발하면서 장렬하게 산화하는 별을 본 적이 있는가? 만오에게 별똥별은 그렇게 아름다울 수가 없었다. 그때 만오는 문득 생각했다.

너는 어떻게 죽으려 하느냐?

만오생은 칸쿤에서 쿠쿨칸 피라미드를 보고 돌아오는 길에 화려한 별똥별을 보았다. 만오는 이제까지 '삶을 어떻게 살 것인가?'를 두고 고민했다. 그런데 마야인이 쌓아올린 쿠쿨칸 천문대(?)보다 수백 배 높은 상공을 날아가는 비행기 속에서 별똥별을 보는 순간 깨달았다. 잘 사는 것이 중요한 것이 아니라 잘 죽는 것이 필요하다고. 예수, 석가를 비롯하여 원효, 진정, 그리고 안중근, 단재 모두 아름다운 죽음이 아니던가? 잘 산 것보다 잘 죽은 것으로 사람을 다시 평가할 필요가 있다. 물론 황현이나 안중근, 단재, 김구, 심지어 노무현의 죽음을 두고 그렇지 않다고 평가할 이도 있겠지만, 만오는 그들의 삶이 아름다웠고, 죽음은 그러한 삶을 승화한 것이라고 믿었다. 만오에게는 특히 잘 살기보다 잘 죽는 가치를 일러준 어머니가 있지 않은가? 잘 살았는가 대신 잘 죽었는가를 물어보라! 장렬하고 화려하게 산화하는 별똥별을 보며 만오는 생각했다. 잘 죽으리라고. 그렇다면 어떻게 죽는 것이 잘 죽는 것인가? 어떻게 살아야 잘 죽었다고 할 것인가? 만오는 앞으로 어떻게 살 것인가에 답을 구하려고 치첸이트사에 갔다가 돌아오는 길에서 별똥별을 보고 깨달았다, '아름답고 장렬하게 죽는 것이 가장 빛난 삶이다!'라는 것을. 그래, 너는 어떻게 죽으려 하느냐?

나오는 말_말로부터 자유롭게 하리라

이 글을 쓰고 있던 당시 나는 중국 하북대학에서 열린 학술대회(2015.12)에 다녀왔다. 무사히 학회를 마치고 공항에서 학교로 돌아오는 버스 안에서 이번 학회의 느낌과 소회를 말하는 시간이 있었다. 참석했던 여러 교수들과 대학원생들의 말이 이어졌다. 각자가 학회의 성과에 대해 긍정적으로 평가하고, 대체적으로 성공적인 학술대회였다는 자평이었다. 그리고 내 차례가 당도했다. 내가 던진 말은 이러했다.

> 저는 간단히 줄이겠습니다. 말을 말로써 구속하지 않고 말로부터 자유롭게 하리라…….

말로써 규정하면 그것은 이미 다른 수많은 의미들이 사라지고 말 터이니 말로 규정하지 않겠다는 말이었다. 그렇다. 고생한 사람들을 위해 말의 성찬을 하는 것도 나름 의미가 있고, 또한 학술대회를 마무리하면서 평가회를 갖는 것도 의미가 있다. 그런데 찬사 속에 부족함과 미비함은 가려지고, 어뗳다고 규정함으로써 그 나머지는 사라지고 만다. 그것은 달리 언어가 갖는 전체성의 얼굴이 아니겠는가. 한때 쿠데타를 한 독재정권이 일의적인 언어를 취해 자신들을 미화하고 독재를 합리화한 것도 그러한 맥락이 아니던가? 물론 내가 생각하는 것은 인간의 의식이 언어에 의해 통제된다는 그런 것보다도 인간은 언어로 규정함으로써 언어에 갇힌다는 것이었다. 대상을 언어로 규정하거나 정의한다는 것은 이미 대상을 언어로 제한하고 한정하는 일이 된다. 가령 '나는 진보주의자이다'라고 말했을 때 자칫 진보주의자라는 틀 안에 스스로를 가두게 된다는 것이다. 그런데 과연 나는 진보주의자인가? 라는 질문을 던지는 순간 이미 내뱉은 말은 존재를 벗어난 공허한 울림이 되고 만다. 곧 말로 무언가를 규정하는 순간, 규정되지 못한 것들은 존재의 의미를 잃어버린다.

고속도로를 지나치는데 산간 마을로 이어지는 도로에 난 가로등이 유난히 정겹게 느껴졌다. 나는 가로등 불빛에 따스함과 정겨움을 느꼈다.

가로등은 무엇일까?

어떤 사람은 그것을 '불', 또는 '빛'이라고 하거나 '등불', '불빛'이라고 할 것이다.

또 어떤 사람은 전기를 필라멘트에 투과하면서 내는 열(온도)의 빛작용이라 할 것이다.

가로등의 의미는 다양하다. 그러나 그것을 '불'이라고 하거나 '등'이라고 하거나, 아니면 '전기의 빛작용'이라고 하는 순간 그 나머지 의미는 사라지고 만다. 우리는 그것을 맹인의 코끼리 만지기와 무엇이 다르다고 할 것인가. 코끼리의 다리를 만진 이는 기둥 같다 할 것이고, 배를 만진 이는 바위 같다 할 것이며, 꼬리를 만진 이는 뱀과 같다 할 것이다. 그 조각들을 다 합친다고 해서 코끼리가 될 수 없듯, 규정함으로써 의미를 형성하는 것이 아니라 오히려 많은 의미를 잃어버리는 것이라면, 언어로 규정하지 않는 것이 좋다.

말을 말로써 구속하지 않고 말로부터 자유롭게 하리라.

가로등을 보면서 밤하늘의 별과 달을 대신해 길을 비춰주는 등불을 생각했다. 에디슨, 그렇다. 에디슨(1847~1931)은 한 세기 전 살았다 죽은 사람이 아니다. 우리는 그를 길거리 곳곳에서 만날 수 있다. 사유를 제한하지 않는다면 말이다. 사전에 가로등은 "거리의 조명이나 교통의 안전, 또는 미관(美觀) 따위를 위하여 길가를 따라 설치해 놓은 등"으로 제시되어 있다. 그러나 그것을 그렇게 규정할 때 의미는 제한되거나 사라지고 만다. 가로등은 가로등이다. 대상을 언어로 규정하는 것은 자칫 언어 폭력이 될 수도 있다.

　대학원 시절 나를 참 많이 아껴주었던 은사 한 분이 2001년 정년퇴임을 했다. 방대한 저술로 그 이름이 높았으며, 언론도 그런 부분에 특별히 주목했다. 그는 그런 주목에 값하는 엄청난 저술을 남겼다. 나는 당시 지역 거점 대학에 막 자리를 잡은 상황이라 정년 퇴임식에 참석하지 못했다. 그래서 멀리서 지켜볼 뿐이었다. 당시 언론에 실린 그의 인터뷰 내용 가운데 한 부분이 내 머리를 강하게 내리쳤다.

　　시, 소설도 썼지. 그러나 내가 그걸 도저히 잘할 수 없었기에 비평을 시작했던 거요. 그렇지만 비평을 시나 소설의 경지로 끌어올리고 싶었어요. 그런데 그걸 못 이루었소. 그러니 패배자가 아니고 무엇이요.

　평생을 학문에 매진해온 분이 스스로를 패배자로 규정한 것이다. 당시 그는 100권이 넘는 저서를 내고 수많은 제자를 길러냈다. 물론 나는 대학원 수업을 들으면서 그의 수사가 독특하다는 것을 알았지만, 그래도 그의 한 마디는 비수처럼 와 닿았다. 패배자로서의 삶, 나는 그의 『한국근대문예비평사연구』를 읽고 국문학 연구의 방법을 익혔다. 실증주의를 통한 학문적 방법론은 많은 연구자에게 귀감이 되었다. 그런데 그것마저 '발바닥'으로 쓴 것이라 평가절하하고, 자신의 비평들을 '남의 작품에 해석을 다는 것일 뿐'이라고 규정한 데서, 더

욱이 당신의 삶 자체를 패배자로 규정한 데서 적지 않은 충격을 받았다. 정은령 기자는 「지난달 정년퇴임 서울대 김윤식 교수」(『동아일보』, 2001.9.6.)라는 글에서 스스로를 패배자로 규정하는 노 교수의 말에 "진정으로 그가 거꾸러지는 날에도 그는 '다 이루었다'고 웃을 수 있을까?"라는 물음을 던졌다. 그러면서 "그가 두려워하는 것은 오히려 '못다 한 욕망이 죽음 후에도 남지 않을까'일 것?"이라고 했다. 그녀는 노 교수의 두려움의 실체를 알고 있었다.

후회 없이 살고 싶었소. 그렇게 살지는 못했지만 방법이 뭔지는 압니다. 뒤를 돌아보면 안 돼. 어떻게 살더라도 되돌아보면 후회할 수밖에 없는 거요. 소금기둥이 돼 버리고 마는 거라고……

노 교수는 후회 없이 살지는 못했지만 그래도 방법을 알고 있다는 일말의 실마리를 제시했다. 어떻게 살더라도 후회는 있을 수밖에 없다는 것. 그러기에 뒤를 돌아보면 절대 안 된다는 말이다. 후회하더라도 뒤를 돌아보지 않는 것, 돌아본다는 것은 곧 소금기둥으로 굳어버린다는 것, 자신이 쌓아온 모든 것이 물거품이 되고 만다는 것이다. 그렇기에 뒤돌아보지 않겠다는 것이다. 그것은 후회를 하지만 뒤를 돌아보지 않고 이전의 길을 가겠다는 말인가? 아니면 더 이상 남의 해석

자가 되지 않고 자기 표현자로 나서겠다는 것인가? 여전히 수수께끼였지만, 나는 이제부터라도 자유로운 영혼이 되어 당신이 쓰고 싶은 글을 맘껏 쓰기를 바랐다. 이제 자기 표현자로서 나서는 것, 현장비평가에 머물지 않고 이론가와 사상가로 나서는 것을 내심 기대했는지도 모른다. 누군가는 그 일을 해 줘야 하고, 그것만이 우리 연구의 식민성을 극복하고 새로운 학문을 창조하는 것이다.

나는 은사를 잊고 지냈다. 그리고 2015년 은사의 '도서전시회'가 열린다는 사실을 언론 보도를 통해 알았다. 그는 단독 저서 147권이라는, 끊임없이 현장 비평을 하며, 현재에도 하루 10장 정도의 원고를 쓴다는 내용이 언론을 장식했다. 우리는 그런 비평가를 이제까지 본 적이 없기에 그러한 사실만으로도 찬탄하기에 부족함이 없을 것이다. 아직도 살아계시고, 여전히 변함이 없구나 하는 생각도 들었지만, 조용호 기자의 「읽고 쓴 60년 외길… 문학의 제국주의 식민사관 탈피 선구자」(『세계일보』, 2015.10.26.)라는 글을 보면서 마음이 착잡해졌다.

필경(筆耕), 말 그대로 글로 쓰는 농사를 60년 가까이 지어 팔순에 이른 문학평론가 김윤식. 그는 "지금까지 나는 내 글은 한 번도 쓰지 않고 전부 남에 대해서 글을 쓰고 가르치는 삶을 탕진해 왔다"면서 "창작이 자기 기질

이 못 된다는 걸 아는 것은 위대한 비평가의 조건"이라
고 말했다.

　'내 평생 남의 책을 읽고 글을 썼다'거나 '나는 나의 글을
한번도 쓰지 않았다'는 말은 새삼 15년 전의 충격을 일깨우기
에 충분했다. '남에 대해서 글을 쓰고 가르치는 삶'으로 인생
을 '탕진해왔다'는 그 고백은 하나의 수사이지만, 여전히 나
의 마음을 무겁게 짓눌렀다. 비록 후회를 할지라도 어떻게 했
으면 후회가 적었을까? 정년 이후에는 더 이상 현장을 누비지
않고, 이전에 누벼온 현장을 통해 문학사와 문학사상사를 구
체화하고 체계화했더라면 나의 안타까움은 덜했을까? 진정
'그 자신의 글'을 쓰고 싶은 염원으로 문학사와 사상사로 나
아갔더라면 어떠했을까? 적어도 그러한 일은 아무나 하기 어
렵고, 또한 그만한 바탕이 되지 않으면 감히 시도조차 하기
어려운 일이다. 현장 비평은 젊은 비평가에게 맡겨두고 당신
의 이론과 학문을 세웠더라면 우리 문학사에 더욱 큰 기여를
하지 않았을까? 작품 그 자체가 아니라 문학의 근원적인 문
제들을 시대와 역사 속에서 해명하고 통찰했더라면 좋지 않
았을까? 현장 비평은 죽도록 해도 남의 꽁무니를 뒤쫓을 뿐
이다. 이러한 아쉬움은 나만의 아쉬움일까? 그가 이룬 수많
은 업적을 부정할 생각은 전혀 없다. 누구나 인정하고 평가
한다. 그러나 그것이 전부가 되는 순간 우리에게 희망은 사

라진다.

그가 우리에게 던진 질문은 무엇인가? 여전히 숙제는 남아 있다. 그런데 분명한 것은 있다. 그는 '선학의 연구를 밟고 일어서라!'고 수업시간에 누누이 강조했다. 그의 작업을 밑거름삼아 나아가라는 것이다. 그것은 '남에 대한' 글이 아니라 '나의 글'이 되며, '우리의 글'이 될 것이다. 최인훈이 말했던 '주인'의 글쓰기가 될 것이다. 주체적 글쓰기로 나아가는 것, 주체적 학문을 형성하는 것, 그것이 우리에게 놓인 과제이다.

2016년 12월 20일 경북대학병원 3병동 378호에서 이 글의 초고를 마무리했다. 나는 이 글을 중국 북경대학에 방문교수로 머무는 6개월 동안(2016.2~8) 마무리하려고 했지만 다른 일로 전혀 손을 대지 못했다. 이비인후과 수술을 위해 입원해 있는 동안 나는 글을 마무리해야겠다고 생각했다. 나는 아픔을 감내하며 원고를 한 부분 한 부분 정리했다. 어렵고 힘든 일이지만 간신히 마무리할 수 있어 다행이었다. 다시 다른 일을 시작해야 하기에 이것은 마무리가 아니라 새로운 시작임을 안다. 또 다시 길을 나서야 한다. 더러는 채우고, 더러는 비우기 위해. 그래서 이 책의 마지막 한 장도 백지로 비워둔다. 『탈무드』처럼.

첫 페이지는 당신의 경험을 기록하도록 하기 위해 남겨진 것이고, 다음 페이지는 항상 덧붙여 쓸 수 있도록 남겨진 것이다.

2016년 12월 20일
김주현

참고문헌

김병민 편, 『신채호문학유고선집』, 연변대학출판사, 1994.

김성동, 『만다라』, 한국문학사, 1979.

김유중·김주현 편, 『그리운 그 이름 이상』, 지식산업사, 2004.

김윤식, 『한국근대문예비평사연구』, 일지사, 1976.

김주현, 『신채호문학연구초』, 소명출판, 2012.

김주현 편, 『이상단편선-날개』, 문학과지성사, 2005.

김춘수, 『꽃의 소묘-김춘수시집』, 백자사, 1959.

마명, 지안 역, 『대승기신론』, 지식을만드는지식, 2011.

서정형, 『밀린다팡하』, 서울대학교 철학사상연구소, 2003.

원효, 은정희 역주, 『원효의 대승기신론 소·별기』, 일지사, 2010.

윤동주, 『하늘과 바람과 별과 시』, 미래사, 2002.

이광수, 『원효대사』, 삼중당, 1976.

일연, 이민수 역, 『삼국유사』, 을유문화사, 1983.

장자, 김달진 역, 『장자』, 고려원, 1989.

정광호, 『CEO 경영우언』, 매일경제신문사, 2005.

정상진, 『아무르만에서 부르는 백조의 노래』, 지식산업사, 2005.

조동일, 『한국소설의 이론』, 지식산업사, 1985.

조명희, 임헌영 편, 『조명희선집-낙동강』, 풀빛, 1988.

조세희, 『난장이가 쏘아올린 작은 공』, 문학과 지성사, 1986.

최인훈, 『화두』(전 2권), 민음사, 1994.

한국정신문화연구원 편, 『한국구비문학대계 6-11』, 고려원, 1987.

마빈 토케어, 안민경 편역, 『탈무드』, 대일서관, 1982.

베르나르 베르베르, 이세욱 역, 『신』(전 3권), 열린책들, 2011.

생텍쥐페리, 윤지섭 역, 『어린 왕자』, 청년사, 1986.

소포클레스, 천병희 역, 『오이디푸스왕(외)』, 문예출판사, 1986.

아우구스티누스, 마리아 보울딩 역, 『시편 주석』, 뉴시티프레스, 2003.

토마스 불핀치, 장왕록 역, 『그리이스 로마 신화』, 삼중당, 1992.

피에르 그리말, 멕스웰 히슬롭 역, 『고전신화사전』, 블랙웰파블리싱, 1996.

피지올로구스, 노성두 역, 『피지올로구스기독교 동물 상징사전』, 미술문화, 1999.

당신의 경험을 기록하도록.....

항상 덧붙여 쓸 수 있도록.....